石田三成(秀吉)vs本多正信(家康)

島添芳実
Shimazoe Yoshimi

文芸社文庫

目次

◉主な登場人物

○本多正信関係（関ヶ原東軍）
本多正信…幼名：弥八郎、家康の重臣かつ「水魚の交わり」、相模国甘縄藩主
徳川家康…豊臣政権下筆頭大老、江戸幕府初代征夷大将軍、東照大権現
徳川秀忠…江戸幕府二代征夷大将軍、家康の三男、正室：お江《ごう》（淀殿の妹）
大久保忠世…徳川家家臣、相模国小田原藩祖、徳川十六神将のひとり
石川数正…通称：与七郎、家康の重臣、小牧長久手の戦い後に出奔し秀吉に臣従
黒田孝高《よしたか》…通称：官兵衛《かんべえ》、出家後：如水、秀吉の軍師
黒田長政…孝高の長男、幼名：松寿丸、筑前福岡藩主、関ヶ原東軍勝利の立役者
福島正則…幼名：市松、賤ヶ岳《しずがたけ》七本槍、豊臣恩顧、関ヶ原では東軍、安芸広島藩主
加藤清正…幼名：虎之助、賤ヶ岳七本槍、豊臣恩顧、関ヶ原では東軍、肥後熊本藩主
浅野長政…通称：弥兵衛、五奉行筆頭、豊臣恩顧、関ヶ原では東軍、常陸真壁藩主
細川忠興《ただおき》…足利氏の支流、正室は珠《たま》（ガラシャ、明智光秀の娘）、豊前国小倉藩初代藩主
藤堂高虎…近江国出身、伊勢津藩初代藩主、藤堂宗家初代、築城の名手
小早川秀秋…北政所の甥、秀吉の養子→小早川隆景の養子、関ヶ原で西軍を裏切る
前田利長《としなが》…前田利家の長男、加賀前田家二代藩主、家康に臣従

村越直吉《なおよし》…通称：茂助《もすけ》、徳川家家臣、関ヶ原での使者役の功績で吏僚派のブレーンとなる
鳥居成次《なりつぐ》…鳥居元忠（伏見城攻防戦で死去）の三男、徳川家家臣、甲斐国国谷藩初代藩主

○石田三成関係（関ヶ原西軍）

石田三成…幼名：佐吉、豊臣秀吉の側近、五奉行のひとり、近江国佐和山藩主
豊臣秀吉…幼名：藤吉郎、織田信長に仕える、天下人・関白・太閤、戦国一の出世頭
島清興《きよおき》…通称：左近《さこん》、筒井順慶の侍大将、戦国三兵法家のひとり、石田三成側近に
豊臣秀頼…幼名：お拾《ひろい》、秀吉の三男、淀殿の第二子、大坂城夏の陣で死去
高台院《こうだいいん》…通称：北政所、本名：お寧、秀吉の正室、尾張派の武将に慕われる、家康と懇意
淀殿…本名：茶々、浅井長政と織田信長の妹市の娘（信長の姪）、秀吉側室にて秀頼の生母
明智光秀…織田家重臣、本能寺の変で信長を弑逆《しいぎゃく》、三日天下、山崎の戦で秀吉に敗退
柴田勝家…織田家重臣、信長の妹市を娶る、賤ヶ岳の戦いで秀吉に敗退
前田利家…幼名：犬千代、加賀藩初代藩主、豊臣政権五大老のひとり、正室：お松
大谷吉継《よしつぐ》…通称：紀之介、越前敦賀城主、三成の無二の親友、癩病（現在のハンセン病）を患う
千利休《せんのりきゅう》…諱：宗易《そうえき》、わび茶の完成者、秀吉の権力主義の茶と衝突、謝罪より切腹を選ぶ
成田長親《ながちか》…成田氏長の叔父泰季の嫡男、忍城攻防戦では城代として指揮を執る

直江兼続《かねつぐ》…上杉家家老、戦国三兵法家のひとり、三成と義兄弟を契る
毛利輝元…豊臣政権五大老のひとり、関ヶ原では西軍の総大将、長州藩の実質藩祖
島津義弘…島津家の第十七代当主、関ヶ原では西軍、西軍敗退後も領国安堵
真田昌幸…三成とは合婿《あいむこ》、戦国三兵法家のひとり、上田合戦で徳川秀忠軍を二度撃破
与次郎太夫…近江国古橋の百姓、三成を匿《かくま》う

○その他
五大老…徳川家康、前田利家、宇喜多秀家、毛利輝元、小早川隆景（死去後上杉景勝）
三中老…中村一氏（駿河府中 十四万石）、堀尾吉晴（遠江浜松 十二万石）、生駒親正（讃岐
　高松 十七万石）
五奉行…浅野長政（筆頭、司法、甲府二十二万石）、石田三成（行政、佐和山十九万石）、増《まし》
　田長盛《たながもり》（土木、郡山二十二万石）、長束正家《なつかまさいえ》（財政、水口五万石）、前田玄以《まえだげんい》（宗教、
　亀山五万石）
徳川四天王…酒井忠次、本多忠勝、榊原康政《さかきばらやすまさ》、井伊直政
世阿弥…室町時代初期の猿楽師、父の観阿弥とともに猿楽（現在の能）を大成
孫子…孫武（中国春秋時代の武将・軍事思想家）の尊称、兵家、兵法書『孫子』の作者

序　章　対峙

（一）

石田三成は、本多正信の使った言葉に不快感を露《あら》わにした。

「本多殿、今申された上様とは、内府（徳川家康）のことでござるか。近頃、世の言葉が乱れておるゆえ、正しておく。上様とは織田信長公いらい天下様のことを指すのでござる。太閤殿下ご存命中は殿下ただお一人、殿下亡きあとは、大坂城におわします秀頼様ただお一人にござる。内府のことは殿とお呼びなされ」

（口に毒を持ったお方じゃ。太閤殿下盛んなりし頃なればいざ知らず、黄泉《よみ》に旅立たれた今となっては、己の力相応の物言いに戻さねば禍《わざわい》が降りかかろうに……）

正信は目の前に忽然《こつぜん》と現れ、いわば囚《とら》われの身となった三成の身命を投げ出した言葉の放胆さに不思議を感じた。

三成が伏見向島の徳川屋敷の門を潜《くぐ》ったのは慶長四年（一五九九）閏三月半ばのことである。豊臣秀吉はすでに昨年八月に死去しており、さらに今月三日には三成が豊臣家存続にとって最後の拠り所としていた前田大納言利家が身罷《みまか》っていた。

「前田利家様ご他界」の報は、瞬く間に大坂市中に流れた。

秀吉逝去の時は、

(まだ利家様がおられる)

と、街中の皆が安心していたが、その重しが外れ、戦乱の気配さえ漂い始めた。

(豊臣家の内紛が勃発《ぼっぱつ》するそうな。なんでも加藤様、黒田様など七名の武将が石田様の屋敷を襲撃されるとよ)

七将とは、加藤清正、福島正則、黒田長政、浅野幸長、池田輝政、細川忠興、加藤嘉明である。いずれも朝鮮の役で第一線部隊長として活躍した武将である。

この頃には、町衆さえも豊臣政権における歴戦の将である武断派と、奉行職を務めている三成らの文吏派との対立の行方を興味津々と見守っていた。

「利家様の死は文吏派の方々にとっては大黒柱の死であり、一方、武断派の諸将には石田様襲撃の障害物が外れたということらしい」

噂は常に、半ば事実を伝え、半ばは興味に流れてゆく。

「文吏派の方々は近江出身の面々が多く、浅井長政様の姫君であらせられる淀君様に近く、一方の武断派の諸将は同じ尾張出身の北政所様に近いそうじゃ」

それらの不安を中和するごとく、

「騒ぎを起こすではないぞ。起こせば必ず付け入る者が出て、秀頼様の御為にならぬゆえにな」

と、七将を抑え続けてきた利家が亡くなったのである。

（思えば不思議なご老体であった。伏見の家康に対しても睨《にら》みがきき、玉造の清正らからも尊敬されておられた。無論、儂《わし》も頭が上がらなかった）

三成は、亡くなって改めて利家の存在の偉大さを感じた。

（それにしても、儂は何故《なにゆえ》にここまでも嫌われなければならぬのじゃ）

豊臣中央政権確立のために粉骨砕身する己が、

（味方をも厳しく検断する性格であるが故に豊臣恩顧の大名どもに嫌われるのであろう）

ことは腑に落ちる。

（手を携えて徳川に対せねば豊臣家の将来が悲惨になるやもしれぬのに……）

三成は諸将の愚かさ加減を憎んでいる。

「十三日の寅の刻に七将が石田屋敷に攻め入る」

との風の噂が流れた。

（粗暴な七将のことだ。大声で話しているのを誰ぞに聞かれたのであろう）

三成は、懐刀の島左近から聞いたこの噂を真実だと確信した。

三成は京坂の地で身を置く場所をなくした。が、この男の頭脳はこういう場合も冴《さ》える。

「伏見の徳川屋敷に行く。ただし、逃げるのではないぞ。五奉行の総意によって、七将の扇動者たる内府に、馬鹿者どもの妄動《もうどう》を止めさすよう命じに行くのじゃ。決して窮鳥《きゅうちょう》ではなくて、筋の通った猛鳥《もうちょう》として出向くのじゃ」

（家康は儂《わし》を殺しはせぬ。清正らに儂の身柄を引き渡し、誅《ちゅう》させたとしても、それでは豊臣家の内乱で終わるだけじゃ。豊臣政権を倒して徳川の天下にしようと企んでおろうからには、豊臣家を武力で倒さねばならぬはずじゃ。そのためには、豊臣方を分断せねばならぬ。つまり一方の旗頭である儂を生かしておきたいはずじゃ）

三成の推測は続く。

（天下取りのためには家康は伏見城より大坂城に移るであろう。そのために儂を居城の佐和山城に閉じ込めるであろう。……大坂にはしばらく戻れまい）

三成は破天荒な賭けに出た。

三成は控えめに咲く黄楊《つげ》の花が大好きである。自らの旧邸でもある伏見向島の徳川屋敷の門を潜《くぐ》ると、石畳の両側に咲く白い花が目に留まり、懐かしさにしばし佇《たたず》んだ。

「石田治部少輔《じぶしょうゆう》三成にござる。徳川殿にお目にかかりたい」

正信が玄関口に出た。

「これは石田殿、いったい何事にござりまするや。まっ、お入りなさいませ」

正信は奥座敷に通じる廊下を歩きながら瞬時に考えを整理した。

(徳川軍だけでは、もとより豊臣軍には到底かなうまい。豊臣を二分させねばならぬ。『敵の敵は味方である』、と豊臣家の忠臣たる加藤清正や福島正則らに思ってもらわねば事はならぬ。それには彼らに嫌われている三成を生かしておき、なんとしてでも〝乱〟の方向に世を誘導せねばならぬのじゃ)

その点は後ろをついて歩く三成の思惑と結果においては同じである。

一方では、先日の重臣会議での酒井忠次の発言が頭を過《よ》ぎる。

「三成を泳がせて旗をあげさせることについてじゃが、その旗の下に多くの大名が集まった場合はいかがするのだ」

「徳川家が天下を束《たば》ねるためには、ここはやはり大ばくちを打たねばなりませぬ」

正信の進むべき道は、家康の天下取りの意志が固まった時点で自ずと決まっている。

「ばくちを打たずして天下を奪えた例は古今東西ござりませぬ」

(勝てるか否かは半信半疑でよいではないか。半信半疑なれば、あとの備えの抜かりもなく、もし間違っても誤りは半分ですむではないか)

「ばくちは勝つために打つべきもの。そのために知恵の限りを尽くしましょうぞ。真のばくち打ちは運などに頼らず、己《おのれ》の知恵に頼るものにござれば……」

正信は己の苦労がおかしかった。

（儂《わし》はばくちをするために懸命に三成を生かそうとしているのか）


三成を奥座敷に通したあと、正信は家康を呼びに行こうとして襖《ふすま》に手をかけた。

「本多殿、しばし待たれや。そこもとと少し話がしたい」

三成は、正信が家康の懐刀《ふところがたな》であることを無論承知している。

「某《それがし》は『煮て食おうが焼いて食おうが』を、そこもとらに委ねている身でもござる。それゆえ忌憚《きたん》のないところを申し上げる」

三成は、相手の都合には耳を傾けずにまず己の考えを述べはじめた。

「太閤殿下ご逝去の今、天下の継承《けいしょう》はいかにあるべきとの存念か」

「そのような大それたことは上様がお考えあそばすことにて、某ごときが意見する類《たぐい》の事柄ではござらぬ」

正信は家康のことを上様と呼んでみた。

三成は不快な顔をした。正信が遠慮したことをではなく、その使った言葉をである。

その点を、味方に対するのと同様に敵方の正信に対してさえも検断したのである。

（二）

三成は一呼吸置いた。

「話をもとに戻す。某は信長様が礎《いしずえ》を築かれ、秀吉様で実現した天下一統の流れは、その血筋の継承者たる秀頼様がお継ぎあそばすのが、理に叶《かの》うており、世も乱れることなく平穏のうちに治まるものと考えており申す」

正信は、応《こた》える必要もないと思いながら、三成という武将の物の考え方の素性《すじょう》を嗅《か》ぎ取ろうと思い、口を開いた。

「仰せのとおり、天下一統は天下万民が望んでもおることゆえ、平和な世をもたらすものとして是非とも承継させなければなりませぬ。すなわち、天下一統は何にもまして勝《まさ》る概念なれば、それを実現し得る力量のある方に天下人になってもらう必要があろう、と考えまするる」

正信はそう言いつつも、現段階では大坂城内の人々、特に淀殿に淡い期待を持たせておけば後々都合がいいとの謀略をたてている。それゆえに取り繕《つくろ》いの発言を加えた。

「それにしては、秀頼様は未だ六歳にて幼い。成人なさるまで他の誰かが繋ぐことが必要となってきましょう」

正信は完全に演じているのだが、言葉の挙げ足だけは取られてはならぬ。

（大殿が繋いで、秀頼公に天下を渡す）

と相手が勝手に誤解してくれればいいのである。もはや三成と正信の智謀戦になっている。

正信はとうとうその夜、三成に家康を引き合わさなかった。

(大殿が天下を取られるか否かは、今から打つ一手一手にかかっている)

正信は、夜更けまでかけて私案をまとめた。

「清正らが怒るであろうな」

正信の立てた筋書きを見て、家康は唇に笑みを浮かべた。


翌日、伏見の徳川屋敷に清正が七将を代表して訪れた。

「治部少輔《じぶしょうゆう》めを匿《かくま》われておられることは明々白々にござります。ぜひわれらにお引渡し願わしゅう存じ上げ奉ります」

屋敷中が割れんばかりの大声である。大きい声の者には善人が多いという。世の中が、智謀・策謀で動いているということの感覚がないという点では清正はまさに善人である。

正信が玄関口に出た。

「こちらで、大殿がお会いなされます」

と、奥の小書院に通した。小書院には、端正な佇《たたず》まいに箔をつけるかのように王義《おうぎ》之《し》の書が掲げられている。

正信はにこにこしながら奥座敷の家康を呼びに来た。

「清正殿は、当家と三成殿がまるでぐるであるかのように顔を真っ赤にして怒鳴っておいでででした。まことに生一本の御仁にござりますな。で、御策《おんさく》たちましたるや」

「うむ」

と言い残して、家康は小書院に向かった。

「清正殿か、よう参られた」

「先ほど本多殿に申しあげました通りにござります。〝和讒者《わざんもの》〟三成めをわれらがもとに……」

「お手前らの憤《いきどお》りはこの家康もようわかる。儂もお手前らのように若くて同じ立場に立たされたならば、三成を許しはせぬであろう」

清正は、「うんうん」と首を縦に振った。

そのとき、正信が門の外にいた他の六人の将を小書院に案内してきた。

「皆、お揃いのようじゃな。それでは申し上げる。三成を渡すことはでき申さぬ」

「えっ！」と一同は顔を見合わせた。

家康は続ける。

「ご一同にはかねがね申し上げている通り、何かをなす場合のこの家康の思いは、それが大坂におわします秀頼様の御為になるか否かということのみ。先ほど主計守殿《かずえのかみ》（清正）から直談判があった際にも、そのことのみを考え申した」

「内府のご忠義はわれら豊臣家の大名一同有り難く思うておりまする。じゃが、三成のことのみは別儀にて……」

と、福島正則が懇願した。

「おのおのがたは、秀頼様の御身《おんみ》によろしきとの意を有して治部少輔を追捕なされておられるのか」

今度は清正が答えた。

「秀頼様のことは心底大事に思うておりまする。ただし、三成めのことのみは正直に申し上げれば我らが恨みを晴らさんがためにございます」

家康が声を荒げた。

「思慮がなさ過ぎまするぞ、主計守殿。治部少輔をあまりに追い詰めれば、治部本人や家来が反乱を起こすやもしれ申さぬ。そうして世が乱れるのを待って、起ち上がろうとしている不逞《ふてい》の輩《やから》がおらぬとも限らぬ。それは決して秀頼様のためにはならぬのではないか」

家康は目に涙を浮かべている。

（不逞の輩とは儂のことじゃ）とは、口が裂けても言わぬ。

「おのおのがたの申されるように、三成が大奸物《だいかんぶつ》なることが判明すれば、その時は豊臣家の大老としてこの家康が三成を処断し申す。その時にはおのおの方のお手を借りることになりましょう」

七将は家康の言葉に昂《たか》ぶった。

（さすがに大殿じゃ。これで猛獣どもは猛獣使いの大殿の檻《おり》に入りおった）

と正信は思った。

（三成を討つときにはこの七人の猛将は、無邪気《むじゃき》に大殿に従うであろう）

正信は珍しく燥《はしゃ》いだ。

「『戦国策』の故事にいう『鷸蚌《いっぽう》の争い、漁夫の利となる』でございますな」

家康は一言で将来を描いてみせた。

「清正らがシギで三成がハマグリか。これで開けたな」

こうして七日の間、正信は三成を匿《かくま》ったうえで、護衛を付けて佐和山に送った。

三成は奉行職を辞して佐和山城に退隠《たいいん》したのである。

〝関ヶ原の戦い〟の一年半前のことである。

第一章　正信世に出る

帰り新参

（一）

（富士が赤く怒っている）

遠く東の空に浮かび立つ赤石連峰の聖岳《ひじりだけ》を富士山と見紛《みまご》うて、正信は大きく息を吐いた。

（あれは歓迎の紅ではなく、怒れる不動尊の赤ら顔じゃ）

十九年前、追われるようにして三河国《みかわのくに》を出たときには、二度と故郷の地を踏むことはあるまいと覚悟した。時が経ち、先祖供養のためとはいえ今ここに水嵩《みずかさ》を増した矢作川《やはぎがわ》を渡ろうとしている。

（先祖供養だけすませたら、また人知れず常陸国《ひたちのくに》あたりに流れるか……。その前に、やはりあの男にだけは会っておかねば……）

正信は墓参りを終えると、旧知の大久保忠世《ただよ》を訪ねた。

昼下がりの軒下で初蟬が鳴いている。

庭の木々の手入れをしていた忠世が正信に気付いた。

「これは、本多殿ではござらぬか。ほんに久しぶりじゃの」

正信は穏《おだ》やかな忠世の声を聞くと安堵《あんど》する。

（これが友というものか）

波乱万丈《はらんばんじょう》の十九年の時がほんの一瞬であったかのように、緊張の糸がゆるゆると解《ほど》けた。

「お久しぶりにござる。お手前にはいろいろとお世話を頂き感謝の言葉もござらぬ」

「まま……茶でも飲みながらにいたそうではないか。わが子にも会いたかろう」

正信が放浪している間、忠世が家族の面倒を見てくれていたのである。

忠世は急ぎ茶の準備をさせると、正信を奥座敷に案内した。

「いやいや、墓参りのために故郷の土を踏んだら、御事《おこと》に会いたくなっての」

「そうかそうか、風の便りに御事の噂《うわさ》は聞いておった。一向一揆に加勢して、岡崎を追われ、一時期松永久秀様の食客《しょっきゃく》になっていたそうじゃの。なんでも松永様はお手前を家臣にされたかったそうじゃて。松永様が岡崎に来られた折に申されておったぞ。『徳川家の家来を多数見ておるが、多くは武辺一点張りの者どもじゃ。だが、一人だけ面白い人物がおる。本多正信じゃ。強がらず、柔らからず、また卑しからず、世の常の者に非ず』と大層な褒《ほ》めようじゃったそうな。久秀様は〝乱世の姦雄《かんゆう》〟と一部では評されるも、疑いもなく当代屈指の傑物《けつぶつ》じゃ。お手前ならばさもありなん、と儂《わし》も嬉しかったぞ。それから消息知れずであったが、どこに消え失《う》せておったのじゃ」

「儂なぞのことを気にかけてくれて、有り難い限りじゃ。松永様のもとを離れてからは越前の一向一揆に加わっておった。石山本願寺の顕如《けんにょ》様のお力添えもあり、破竹《はちく》の快進撃を続け、ほぼ越前一国を仏の国に解放しかけた。しかし、そこに織田勢が乗り込んできて、一向門徒を皆殺しにしていきおった。居場所のなくなった儂は、それから木曽や美濃、そして伊勢や伊賀などを流浪しておった。いろんな経験をさせてもろうたぞ」

忠世は正信の才幹をかねて評価している。徳川家には正信のような才能ある者が必要だと常々感じていた。

「本多殿、徳川家に再度お仕えする気はござらぬか。儂が大殿に幾重にも取り成そうぞ」

忠世は、家康の信任も厚い。度重なる忠世の要請を家康はついに受け入れた。

(二)

正信は登城し家康の前に座った。

「……」

頭の中は真っ白で何から切り出したらいいのかわからない。

「弥八郎、息災《そくさい》であったか。一揆の折は、散々な目に遭わせてくれおってからに」

家康は、まず一揆の話を持ち出した。

「そちは一揆側で儂の家来どもを蹴散らしおったが、儂が出ていくと一目散に退散したのは何故か」

「某《それがし》は徳川家に多大のご恩がありますれば、仏の道と両天秤《りょうてんびん》にかけたときに、逃げ出すしかございませなんだ」

「面白き奴じゃの、そちは……ハッハッハッ。実は、儂も領内の騒乱が長引けば、いつ外敵が侵入してこぬとも限らぬゆえ、疲弊《ひへい》せぬうちに和議としたのじゃ」

家康は笑い飛ばすことで、過去を許した。もともと出奔《しゅっぽん》する前の正信を見所のある人物と買っていた。その後、宝でもなくしたような気になっていたが、忠世から正信帰参を聞かされたとき、家康は内心嬉しかったのである。

「本多正信、このたび大久保忠世殿のお取り成しにより帰参が叶《かな》いましたこと、ただただ感激の極みと思うておりまする。大殿の寛大なご措置にただただ恐縮いたしますとともに、これまで多大なご迷惑をおかけいたしました分、これから鋭意精進のうえ挽回していく所存にござります」

「わかった。励《はげ》めよ」

人心掌握に長《た》ける家康は簡潔に締めくくった。

本多正信。通称弥八郎。天文七年（一五三八）、本多俊正の子に生まれ、幼くして家康に仕えた。その家系は代々一向宗の信者であったので、永禄六年（一五六三）、家康が一向宗を弾圧したとき、諸将とともに主人に背《そむ》いて戦った。そして諸国流浪の時を経て、天正十年（一五八二）、徳川家に帰参したのである。本能寺の変の直前であり、正信はすでに四十四歳、主《あるじ》の家康は四十歳の不惑を行き交う、風薫る夏の候であった。

伊賀越えの難（本能寺の変）

（一）

「徳川殿、せっかくじゃてに泉州堺でもゆっくりと見物してまいられよ」

正信は鬼のように怖いと恐れられている織田信長が、家康に対してはその律儀なまでの働きに心底感謝していることを、その心配りで感じた。

（戦国最強と言われた武田軍との三方ヶ原での野戦、浅井軍の猛攻で崩れかけた織田

軍勢を救った姉川の戦い、律儀をこれほどまで力強く推進してくれる武将がほかにあろうか）

積もる信長の家康に対する感謝の気持ちが、武田勝頼征討後の安土城での接待となり、泉州堺への招待となった。

一方の家康は、長篠《ながしの》の戦いでは織田軍の鉄砲隊の破壊力を目のあたりにした。また、安土城では、千宗室や今井宗久の茶に異様な世界を感じた。それらが堺の文化だと知らされ、ひらめく興味に誘引されるかのように信長の誘いを受けた。

「家康様のお働きは右大臣様（信長）からかねてお伺い致しております。先程も早馬にて家康様のご来訪をお知らせになり、『粗相《そそう》があっては、この信長が許さぬ』と大変な気のお入《はい》りようにござりました」

今井宗久は、鹿威《ししおど》しのカコンと石を叩く音を遮《さえぎ》らないように静かな声で話しかけた。

「堺は、海外との交易が盛んであり、いろいろなものが手に入ります。本日はごゆるりとお休みになり、明日から思う存分堺の町をお楽しみくださりませ」

「実は鉄砲が見たいのじゃ」

正信は家康の正直さが失われていないことを好ましく思った。言葉を換えれば無粋《ぶすい》といえなくもないが、家康は茶人今井宗久を前にしても茶の話はせずに、いきなり鉄砲の話から始めた。家康は極めて実用主義的な考えの持ち主であり、「暖をとる」ということだけを茶の意義とし、茶道という〃虚飾の遊戯〃には興味を示そうとはしない。

「正直なお方でござりますな、家康様は。〃海道一の弓取り〃と皆の尊敬を集められますのは、きっとその正直さがあられるからや」

宗久もついつい素直に上方訛《なま》りを出した。

（二）

堺の町は南蛮人が多く行き来しており、一種独特な活気に満ち溢れている。正信も、物珍しい南蛮の品々や、街中《まちなか》で行われる大道芸に苦笑いを重ねながら、時間が過ぎるのを忘れて楽しんでいた。

そこへ宗久の弟子が慌てふためいて追いかけてきた。

決して大声で話さぬよう宗久が申し渡したと見えて、二十歳を過ぎて二〜三年はなろうかという若者は供回りの一人の袖をひいて、辻の隅まで引き連れたうえで息を殺して言った。袖を引かれたのは、長谷川秀一《ひでかず》である。秀一は信長のお側衆の一人で、信長から家康一行の上方案内役を命じられていた。一切を聞いた秀一は、一行の一番後ろを歩いていた正信にそのことを伝えた。

「今井宗久殿からの伝言にござります。先程、京から早馬があり、明智光秀殿ご謀反《むほん》の由《よし》。信長様が本能寺にて弑逆《しいぎゃく》なされたとのことにござります。ご嫡子《ちゃくし》信忠様も同様にござります」

（諸国を流浪して様々な場面にも出くわしており、何事にも驚かぬ）と、正信は己《おのれ》を評している。しかし、この時ばかりは天地が引っくり返るような衝撃を受けた。信長逝去の報のためというよりは、家康の置かれた立場を 慮《おもんぱか》ってのことである。東海のみならず甲信にも勢力を広げつつある徳川家ではあるが、今ここにいるのは信長の饗応《きょうおう》を受けるために家康の供回りとして従った二十名程度の家来だけである。しかも、明智軍は織田軍と同盟軍の将である家康を徹底的に探索《たんさく》するのは必定《ひつじょう》である。

「大殿にすべてをお伝えせねば」

と、正信は我に返った。

「何っ！……」

家康は、気が狂ったように頭《かぶり》を左右に振った。

「今から京へ向かう。右大臣様の仇を討つのじゃ」

正信は家康の心の動きを何がしか読めるようになってきた。いつでもまず本心を乱れに任せてぶちまけるのである。演技かどうかまでは見分けがつかない。

焦りを抑えて榊原康政《さかきばらやすまさ》が言上した。

「大殿、ここはいったん三河に戻りましょう。そのうえで、軍勢を整えて同盟軍織田家の仇《かたき》である明智勢に攻めかかりましょうぞ」

正信は家康の仕草が愉快である。日ごろ冷静沈着でありながら、それがいったん崩れると人より数倍うろたえ、しかもその破滅的な行動に追いやる激情が、すぐに沈静してしまうのである。この局面でも然《しか》りであった。

平然と、「うむ」と頷《うなず》いた。

康政は家康の気持ちを変えることはできても、帰還のための方策は浮かばない。見渡すと一人だけすまし顔の人物がいる。

（かの者ならば何かよい知恵が出るのではないか）

「本多殿、御事《おこと》は各地を流浪されたと聞き及んでおるが、当地からの脱出策の構想思い浮かばば、その妙案を大殿に申しあげてみられよ」

「三河への道筋を想像しましたるときに……」

正信は家康に一揖《いちゆう》すると、瞬時に湧いた策を披露した。

「まずこの堺を早急に脱出せねばなりませぬ。堺港からの出航も思案致しましたが、信長公が武力で押さえこまれていた堺衆が、『信長公討たる』と知れば、同盟者たる大殿への態度は昨日までとは異なり刃《やいば》さえ見せましょう。用心に越したことはござりませぬ。残されたる道は、ただ一つ。伊賀山中を越えて伊勢へ出て、海路三河を目指すべきにござりましょう」

「伊賀越えか、難儀《なんぎ》じゃの。明智勢も必死に探索しておろうし、土民たちの落ち武者狩りも恐ろしい。何かよい手立てでもあるのか」

「某《それがし》、畿内に滞在中に大和や伊賀方面にも多数の知り合いができました。一向宗門徒として三河を追われた者もいれば、食客《しょっきゃく》としてお世話になった松永久秀様のご家来衆も多数おわします。それらの方々を頼ったならば、必ずやこの難局を乗り切れるでござりましょう」

「過去を許せば道は開けるものじゃな。弥八郎、任せたぞ」

一行には、旧武田家の重臣、穴山梅雪《あなやまばいせつ》が同行していた。梅雪は故武田信玄の娘、見松院《けんしょういん》を妻にするなど武田家の重鎮であったが、いち早く武田勝頼を見限り織田家に臣従したため、旧武田領のうち巨摩郡《こまぐん》の所領を安堵されていた。

その梅雪を家康は誘った。

（こやつは甲州経略を企《くわだ》てんがために、伊賀山中で儂《わし》を亡き者にして巨摩を横取りする気か）

梅雪は、別の存念ありとして家康の申し出を頑《かたく》なに断った。

そして甲賀越えを挙行したが明智軍の警戒網に引っ掛かり、あえなく最期《さいご》を遂げた。

（三）

脱出行動を開始した家康一行は、伊賀山中の道なき道を急いだ。家康はじめ歴戦の将たちも、合戦とは異なる戦いにホトホト疲れ果てた。一日の強行軍で、頬《ほお》はこけて脂気が失せ、目の周りには隈《くま》が浮いた。

「平家の落人《おちうど》も、こんなにも心細いものであったでござろうな」

と、一行の誰かが口にした。

正信の縁故が救いであった。

「本多様、本多様……」

と、一向宗門徒から丁重にもてなされ、食料なども分け与えてもらった。

家康の名は伏せた。一向一揆を弾圧したことは天下に周知されていたからである。

（大殿は運命の皮肉を感じておられることだろうよ）

正信は、己に抵抗したため弾圧した一向宗門徒に今こうして助けられている家康の心情を慮《おもんぱか》った。

落ち武者狩りも再三現れた。本多平八郎、榊原康政《さかきばらやすまさ》はじめ歴戦の勇士が、そのたび槍先を揃え、太刀を振りかざして突進すると、土民たちは恐れをなして逃げた。

やがて伊賀に入ると、家康一行は好意をもって受け入れられた。

「徳川様には、大恩がある」

と言って、伊賀者は警護役を買って出てくれた。

天正九年（一五八一）三月、天性の合理主義者である織田信長は、伊賀者たちを妖《よう》怪変化《かいへんげ》の類《たぐい》として伊賀攻略を命じ、かつての比叡山攻略時と同じく鏖殺令《おうさつれい》を出した。皆殺しを命じたのである。伊賀盆地に雪崩《なだれ》込んだ織田の大軍は、忍者のみならず農民や女子供まで見境なく殺戮《さつりく》・蹂躙《じゅうりん》した。かろうじて難を逃れた伊賀者たちは、伊勢の浜から海を渡って三河に亡命した。家康は信長の同盟軍ではあったが、こっそりとかれらを匿《かくま》い、服部半蔵に世話をさせた。伊賀者たちは、その恩を忘れてはいなかったのである。

（やれやれ、やっとのことで大殿を救い出せたわ）

伊勢白子に辿り着き、手配させていた漁師船が浜辺を離れ伊勢湾に浮かんだのを確認すると、正信は「家康救出」という堺から背負い続けてきた重荷を下ろして大きく息を吐いた。

「大殿は運をお持ちにござります。天運、地運、人運すべてを味方につけられました。

さもなければ、伊賀越えなどとても……」

（弥八郎は使える）

家康は、正信の優れた直観力、情報収集力、その分析力、情勢判断力、臨機応変な処理力などを目のあたりにし、徳川家に欠かせぬ存在だと認めた。

正信はこうして家康の参謀としての第一歩を踏み出した。四十五歳の遅咲きの船出であった。

稲穂刈り

（一）

庭の紫陽花《あじさい》はつい四～五日前まで美しい紫を誇らしげに湛《たた》えていたらしいが、正信が岡崎城に戻った折には花は散り、夜半の雨に濡れた淡緑の葉が朝陽を照り返してキラキラと輝きを放っていた。

「弥八郎、儂《わし》はいかに動くべきかのう」

（もう大殿は考えを纏《まと》められたようだ）

正信は、家康の放つ語調が昨日までの迷いのそれと違うのに気づいていた。

「急ぎ京に上り、右大臣様の仇明智光秀を討つつもりじゃ」

岡崎城に辿り着いた家康は、休む間もなく大々的に三河全域に触れを出した。

（さすがは大殿じゃ。これでわが軍は士気を保つことができる）

正信は、家康の心が言葉とは裏腹にあることを感じて頷《うなず》いた。

正信は今回の光秀の謀反を発作的・衝動的なものと思っている。

（時代を先取りする信長様の考え方に、封建的な官吏の惟任《これとう》様〈光秀〉はついていけなかったのだ）

光秀は、八上城《やかみじょう》攻めの際に、人質に差し出してあった実母を信長に見殺しにされたうえに、丹波・近江の領地を召し上げられて未だ敵領である出雲に転封され、しかも今回は同格の秀吉の下について毛利攻めを行わねばならぬ。しかも毛利には旧主ともいえる室町幕府最後の将軍足利義昭が匿《かくま》われている。

（憤懣《ふんまん》がたまったすえの発作的・衝動的行動であるならば、三日天下に終わるであろう）

と結論付けてもいる。

「大殿……、大殿は信長様の復讐《ふくしゅう》戦に起《た》ち上がるには絶好の立場におわします。いや織田家と同盟者のお立場だったことを考慮すれば、起たねば世間や配下の者どもの信頼を損ないまする」

正信は白くはない歯を見せて小笑いしながら続ける。家康の心根《こころね》が分かるゆえである。

（ここは儂が言上することで、大殿の心持を和らげてあげねばなるまい）

「大殿、今回の軍事行動は『起った』という実績を残すのみで十分でござります。織田家中《かちゅう》の争いごとは、ひとまず織田家家臣どもに任せましょう。織田家中で勢い《いきお》のあるものは、いま現在の天下人たる明智光秀様と、越前の柴田勝家様、毛利勢と対峙《たいじ》中の羽柴秀吉様にござりますが、いずれも決定力がありませぬ。仮に、柴田様か羽柴様が明智様を打倒したとしても、その後両勢力間で抗争が続くことは必定《ひつじょう》にて、ともに疲労困憊《ひろうこんぱい》となりましょう。大殿のご出馬はその段階がよろしいかと。柿は熟したほうが落ちやすいものにござります」

正信の進言により意を強くした家康は安心して演技に力を注いでいった。

復讐戦にしてはわずか三千の兵力である。これで光秀軍一万七千といかに戦うのか。

「別働の大部隊が北方の山中を行軍中である」

と、道中触れさせた。

行軍はゆっくりしたものであり、その日は鳴海の浜で野営をした。

夜陰、岡崎城に秀吉の使者と名乗る者が訪れた。

（同盟の誘いであろうか。あやふやな返答をせねばなるまい）

と思いつつ正信は息急《いきせ》く使者の唇の動きを追った。

「それでは、羽柴様が明智様を討たれたと申されるのじゃな」

正信は冷静さを装うときに使う低い声で確認した。

「いかにも。わが主《あるじ》羽柴筑前守秀吉は十三日、山城国《やましろのくに》山崎にて主仇《しゅきゅう》明智光秀を討ち果たして候《そうろう》」

「羽柴様は備中にて毛利様の軍勢と対峙して身動きが取れぬはずじゃが」

「備中高松城包囲中のところ、六月三日の夕刻、光秀謀反により右大臣様急死の報が入ると、主秀吉は気転を利かせ毛利方の軍師である安国寺恵瓊《えけい》殿と講和の交渉を成立させ申した」

それから秀吉は〝中国大返し〟を企て、梅雨に打たれながら強行軍を続けて八日の朝には姫路城に到着し、十三日には全軍鬼と化して主仇明智光秀を山崎に撃破したとのことである。

使者はあらましを伝えると、秀吉からの書状を差し出した。

「惟任光秀をすでに誅《ちゅう》し了《お》え候えば、早々にご帰陣なされ度《たく》候」

用を済ますと使者は上方とは逆の方角に馬駆けしていった。

（小田原の北条様にも伝えるのであろう）

正信は使者を見送ると早々に家康の宿営する鳴海に使者をたてた。家康は戦国を潜《くぐ》り抜けてきただけに性格はいやがうえにも慎重である。

(儂《わし》を油断させるための光秀の策略ではあるまいか)

家康はやはり信じられない。

「数正《かずまさ》、そちが熱田湊《あつたみなと》まで赴き、噂であろう仇討《あだうち》の真相を確かめてこいや」

このころの家康の参謀は酒井忠次と石川数正である。光秀の策略かもしれないと疑う家康は、武力に頼らざるを得ない局面も想定し、武略に通じた数正に事の真相究明を命じた。

熱田湊は伊勢国桑名の七里の渡しとの間に定期航路があり、伊勢商人を通じて上方の情報が盛んに入る。数正が彼らから情報を集めたところ、秀吉の光秀討伐は間違いなさそうであり、家康にその旨を報告した。

(二)

正信は岡崎城に引き揚げてきた家康に呼ばれた。

「儂は非常に不愉快じゃ」

「いきなり、何事にござりまするか」

「ひとつは羽柴殿が主仇光秀をこんなにも瞬時に討ち果たすことを予想できなかった

己の読みの甘さが情けない。ひとつは羽柴殿が早くも儂に命令調の書状を寄こしてきたことじゃ」

家康は朝倉義景《あさくらよしかげ》征討の折、織田軍の友軍として出陣したときのことを思い起こしていた。

元亀元年（一五七〇）、越前金ヶ崎まで進撃した織田軍が、浅井長政《あさいながまさ》の裏切りに遭《あ》い窮地に陥ったとき、信長は迷うことなく奪った諸城を捨てて撤退した。後世「金ヶ崎の退き口《のぐち》」と言われる敵前撤退作戦は、友軍の家康にも知らせられぬまま行われた。取り残された家康は、自ら殿《しんがりぐん》軍を申し出た当時木下藤吉郎と名乗っていた秀吉と一緒に退却戦を戦った。あれ以来会ってもいない。つまり家康は秀吉という人物をよくは知らない。顔に皺《しわ》を寄せて高笑いする姿が、「小賢《こざか》しい奴」との印象が残っているだけである。

（あんな猿男の風下につきたくはない）

将来がどう動くとも分からぬままにそう思った。

「儂はこれからいかに振る舞えばいいかの」

問われた正信はつくづく思う。家康という人物の凄さは本来参謀や軍師というものを必要としない戦略や策略を有しながら、常に誰かに意見を求めようとすることである……と。

(ゆえに道を違《たが》われることが少ないのであろう)

「織田家では、しばらく羽柴様と柴田様の確執が続くことにございましょう。嫡男信《のぶ》忠《ただ》様こそ亡くなられたとはいえ、信長様のお子では、信雄《のぶかつ》様や信孝《のぶたか》様がご存命でおわします。織田家の家督相続や次の天下人選びでは相当に揉《も》めるに相違ござりませぬ。その間に大殿は北を押さえなされませ」

「北とな……」

正信が家康から参謀として認められたのは、この時である。

(儂と同じことを考えおる)

「甲斐・信濃に実った稲穂の刈り取りはまだすんではおりませぬ」

(上手いことを言う)

甲信二国は武田家の所領であったが、その武田家は信長が滅ぼした。ところが、新領主の信長やその後継者の信忠は本能寺の変の犠牲になってしまった。いわば収穫期を迎えたのに田畑の所有者がいないのである。先に「刈り取り」の実績を作った者が、そのまま所有者になるということである。

「しかも大殿は、武田家の家臣に好かれておられる」

信長は武田家を虐殺《ぎゃくさつ》によって滅ぼし、領民を誅求《ちゅうきゅう》した。このため武田家の遺臣や領民には反織田感情が充満した。徳川軍は違った。家康の強い意向が働き武田家を丁重に扱った。ゆえに武田遺臣団は徳川に靡《なび》いた。正信はそのことを言っているのである。

家康はひとつ咳払《せきばら》いをした。

「じゃが、今攻め入る大義がないではないか」

正信はかねて温めていた策を披露した。

「甲斐国巨摩《こま》から入りましょう。ご承知のように巨摩は亡き穴山梅雪《あなやまばいせつ》様の所領にござれば……」

「梅雪殿の不慮の死に乗じて攻め込むのは卑怯《ひきょう》と世間が騒がぬか」

「堺から別路を行くに際して『万一の場合は巨摩の安堵を頼む』と穴山様に言われたことにしましょうぞ。さすれば巨摩の家臣団も喜んで迎え入れてくれましょう」

正信の予想した通り、家康が巨摩に入ると風聞を聞いた武田家遺臣らの多くが徳川の麾下《きか》に入りたいと申し出てきた。

甲斐国は亡き穴山梅雪と河尻与四郎秀隆に二分されていた。河尻は織田家から派遣された官吏であり、織田の気風を受け継ぎ圧政をもって当地を搾取していた。正信の策略により、「徳川は河尻を支持していないようだ」との風評を流すと、武田家遺臣や領民は決起して河尻を嬲《なぶ》り殺しにした。

正信の働きにより、家康は難なく甲斐や南信濃を手中に収めたのである。

（三）

次は北信濃である。

信長は甲信地方を経略すると、北信濃の川中島に森長可《もりながよし》、小諸に道家正栄《どうけまさひで》を、そして南信濃に毛利秀頼をおいて分割統治した。「本能寺の変」の報が入ると、それらの代官たちは復讐を恐れて逃げ出した。空白地帯になった北信濃に進出したのは、上杉景勝、次いで北条氏直《うじなお》であった。かつて、甲斐の虎（武田信玄）、越後の竜（上杉謙信）、相模の獅子（北条氏康）と呼ばれた戦国屈指の大名家も子や孫の代になっている。なかでも北条氏は家祖早雲以来、当代の氏直まで五代九十年にわたって関東に勢力を張り、二百八十万石にまで国力を高め、信長亡きあと最大の勢威を誇っていた。

その北条が真田昌幸の提言に乗り四万五千の大軍で碓氷《うすい》峠を越えて甲斐に襲いかかろうとしている。

家康に残された時間はわずかしかない。参謀長格の酒井忠次に善後策を問うた。

「早急に北条方に使いを派遣し、講和を結ぶのが上策でございましょう」

家康は、忠次の策に物足りなさを感じた。

「弥八郎、そちの存念を申せ」

正信が指名された。

「北条は大国にて和睦《わぼく》すべしとの意見が妥当には思われましょうが、某《それがし》の考えはちと異なりまする。今ここで膝《ひざ》を屈すれば、愚昧《ぐまい》とさえ噂される氏直様に将来にわたり従属せねばなりませぬ。和を結ぶにしても、まず一撃を加え、緒戦《しょせん》の勝利を梃子《てこ》に行うべきにござります。敵は長期にわたる遠征で疲れておるのに加えて、総大将は愚鈍の氏直様にござりますれば、わが方にも十分勝機はあると思われまする」

（ここで起たねば、せっかく手に入れた甲斐や南信濃を失うばかりか、武田の遺臣や領民にも見限られる）

家康は頷いた。

「弥八郎、よくぞ申した。八千の兵で四万五千の兵を追い払って見せようぞ。なに、三方ヶ原で武田信玄公に挑《いど》んだときと比べれば、気が楽じゃわ、ハッハハッ」

正信は心底笑える家康に多少の不思議を感じつつ、それだけに負けぬ自信が自然と湧いた。

徳川軍は浜松城を発して甲斐へ北上した。武田の遺臣は大軍団を擁する北条ではなく、北進する徳川軍についた。「信玄で興り、勝頼で滅びた」武田家を見たかれらは、戦は兵力の多寡《たか》より大将の統率力や作戦能力に左右されることを皮膚感覚で知ったのである。加えて、徳川軍には武田遺臣団で構成され井伊直政の配下に置かれた「井伊の「赤備え」と呼ばれる最強軍団が従っていた。正信が予見した通り、甲州人は武田遺臣を重用する徳川に自然と親近感を寄せたのである。

両軍の睨み合いが長きにわたって続いたが、正信の立てた挑発作戦に散々に翻弄《ほんろう》されて動揺した氏直は、ついに叔父の氏規《うじのり》を派遣して和議を申し入れてきた。

「甲斐を徳川に任せるかわりに、関八州は北条が取り仕切る。なお、これを機会に絆《きずな》を深めるために、徳川殿のご息女を氏直にお輿入《こしい》れ賜りたい」

大国の北条が卑屈《ひくつ》なほどに下手に出てきた。

家康は万々歳なのだが、ここは思案のしどころでもある。

正信が進言した。

「当主の氏直様が来られぬならば先の申し出は断るが得策かと」

正信も実のところは提示案で十分だとは思ってはいるが、徳川を高く売りつけるためには安易に妥協すべきではない。「講和を破棄し決戦も辞さぬ」という姿勢は一応見せておくべきであろうと考えていた。

正信が家康名で講和拒否の書状を認《したた》めて北条方へ送ると、焦《あせ》った北条はさらに譲った。そうして十月二十九日に講和が成立すると、北条軍は小田原に引き揚げていった。

（謀略はかほどまでに面白きものなのか……。武力でならば多大な犠牲を払ってもせいぜい数カ村を手に入れれば良しとするところを、謀略により一兵も損することなく甲信二国を得たのだ）

正信は謀略の効用を目のあたりにして、衝撃的に鋭く目覚めた。

それは家康の虎変《こへん》に繋がった。

「海道一の弓取り」という武勇に加えて、「権謀術数《けんぼうじゅっすう》を自在に操《あやつ》る老獪《ろうかい》な謀将」の要素を纏《まと》わせたのである。

そうした謀略の醍醐味《だいごみ》を指南した正信の徳川家における地位は飛躍的に上がった。

第二章　三成世に出る

三献茶

（一）

鳰《にお》の海（琵琶湖）は、半年前の〝姉川の戦い〟を夢の出来事に昇華させたかのように蝸牛《かたつぶり》に小波《さざなみ》を投げかける。春告鳥《うぐいす》が枝垂梅《しだれうめ》の枝の陰で囀《さえず》る、平和な昼下がりである。

「半兵衛、また射止めたぞ！　大捕物《おおとりもの》じゃ……大捕物じゃ……」

秀吉の底抜けに明るい声が賤ヶ岳《しずがたけ》から吹き降ろす風に響き渡った。

「殿も一段と腕を上げられましたな。これで十羽めの雉《きじ》にござります。いやはや……」

竹中半兵衛は半ば呆《あき》れ顔を覗《のぞ》かせた。

「なんじゃ半兵衛。言いたいことは包み隠さずに申せ」

「はっ……殿を見ていると某《それがし》の経験が役に立ちませぬ。そもそも鷹狩りにせよ何であるにせよ、集中するときは静かにすべきもの。殿のように燥《はしゃ》いだら気が抜けるのが常なるに、肝心の結果だけはしっかりとお出しになる。失礼ながら、面白き御仁なりと感心しており申した」

「御事《おこと》は、褒《ほ》めておるのか貶《けな》しておるのか、ようわからん。ま……いいわ。それより、燥ぎ過ぎて喉《のど》が渇《かわ》きおった。茶でも飲みとうなったぞ」

天真爛漫《てんしんらんまん》なのか、天真爛漫を演じているのか、名立たる軍師といわれる半兵衛さえも煙《けむ》に巻く秀吉。

(稀代の英雄ではないか)

半兵衛は近頃とみに秀吉の中にその面影を描いており、そういう武将に仕えたことを軍師冥利に尽きるとさえ感じ始めている。

「そろそろお手仕舞いなされませぬか。茶飲みの件ならば観音寺がよろしゅうございましょう。小谷城攻めの折に、われらの拠点とさせてもらった横山城の一郭にある寺でござりますれば、久々に住職と茶話でもなされるのもよろしいかと。某は一足先に出向いて、茶の準備なぞをさせておきましょうほどに」

「おう任せたぞ。……ちょっと待て、酒でもよいぞ。いやお寧《ね》の奴に角《つの》を突き付けられるか。止めておこう。茶じゃ！　茶じゃ！」

(不機嫌な時間《とき》が少ないお方じゃ)

貧しい百姓の出なるも、能力主義の信長に才覚ひとつで認められて城持ちまでにな

った秀吉。ただ織田家譜代の諸将からは未だに軽んじられて気苦労も多かろうに、

（心に〝紙漉《かみすき》〟をお持ちなのであろう）

と、半兵衛は勝手に結論付けている。


「ここでよいぞ、ここに置いてくれ」

観音寺についた秀吉は、草履《ぞうり》の紐《ひも》を解《ほど》くのを面倒臭がり、座敷中央の長膳に用意された茶を庭先の濡《ぬ》れ縁《えん》に持ってくるよう寺小姓に命じ縁側に腰掛けた。

（目元涼しげな小僧じゃな）

秀吉はちょっと気にかけた。

「粗茶にござります」

大きめの茶碗に並々と注《つ》がれた茶が秀吉の座る縁側に差し出された。喉の渇いた秀吉は、左手で茶碗を受け取ると、親指を茶につけたまま一気に飲み干した。

「もう一杯いかがにござりますか」

（賢そうな顔をしておる）

と目の前に差し出された顔をたんと眺めながら、やや小さめの茶碗に注がれた二杯目の茶をゆっくりと飲んだ。

（さっきより幾分熱い）

「もう一杯所望したい」

秀吉は見定めに入った。

三杯目は、小振りな茶碗に熱いお茶が入っていた。

「旨い。ほんに旨い茶じゃ」

と言いつつ、秀吉は立ち上がった。

「御事《おこと》の名は？」

「佐吉、石田村の佐吉と申します」

「石田佐吉か、あとで使いをよこす。あの城が御事の働き場所と心得よ。住職には半兵衛から話をつけさせる」

琵琶湖に照り返された夕焼けで、陽炎《かげろう》のごとく紅《くれない》に彩《いろど》られた普請《ふしん》中の長浜城を指さしたかと思うと、秀吉は次の瞬間馬上の人となっていた。

（二）

馬の手綱《たづな》を右手で操《あやつ》りながら半兵衛が話しかけた。

「殿、相当にお気に召されましたな」

「あれは使えるぞ。お館様に重用されている儂《わし》のごとく、佐吉は儂の右腕になれる。あの才気と気配りは、若い頃の儂にそっくりじゃ」

秀吉は、自身の自慢話も交えながらやや興奮気味に口角泡《こうかくあわ》を飛ばした。

「よいか半兵衛、佐吉は一杯目をとにかく儂の喉元《のどもと》に流し込ませようとした。見るからに喉をカラカラにしておるからの。そして儂が大きな茶碗に注がれた温《ぬる》めの茶をゆっくりとではなくて一挙に飲んでしもうたのを見た佐吉は、渇きが残っていると踏んだのじゃろ……、二杯目はやや熱めの茶を差し出しおった。さらに三杯目は小さめの茶碗に熱い茶を注いでおった。喉の渇きが止まり、本来の茶の味を儂が欲しがっていると奴は踏んだ。儂は、ただただ心配りに味付けされた茶が、あるがまま以上に旨《うま》かったというわけよ」

「…………」

半兵衛は秀吉の捲《まく》し立てる弁舌に入り込む余地を見いだせない。

「儂が尾張から引き連れてきた者どもは、確かに戦《いくさ》をさせたら比類なく強い者どもじゃ。しかし、ここを使わぬ」

秀吉は、福島正則や加藤清正らの頭を自らの頭にたとえて掌《てのひら》で叩いた。

秀吉は浅井・朝倉連合軍を打ち破った恩賞として信長より浅井の旧領を賜り、小谷城の主となっていた。山城《やましろ》では信長の進めているような楽市楽座を発展させにくいため、琵琶湖の畔《ほとり》の今浜に下りた。そして信長から一字を頂戴して長浜と改名した。

天正二年（一五七四）に長浜城主になった秀吉は早急に進めねばならぬことがあった。いきなり十二万石をいただいてもそれに見合う家来がいないのである。

「佐吉を、湖北で召し抱える家来の第一号とする」

秀吉は高らかに宣言した。

石田佐吉、永禄三年（一五六〇）近江坂田郡北郷村石田に生まれ、石田家の旦那寺観音寺で秀吉に認められたこの少年こそ、のちの石田三成である。

大坂城天守閣にて

（一）

三成は案内された大坂城天守閣外廻縁《そとまわりえん》の高欄《こうらん》（手摺《てすり》）に手をかけ、茅渟《ちぬ》の海（摂津灘、大坂湾）に白く波立つ渦潮《うずしお》を眺めていた。

（光陰矢の如し、まことに月日の経《た》っ過のは早いものじゃ）

天正十年（一五八二）六月、主《あるじ》秀吉は毛利方の名将清水宗治を備中高松城で水攻めにしている最中に本能寺にて信長が弑逆《しいぎゃく》されたことを知り、毛利方の智将安国寺恵瓊《えけい》と講和を結び、「中国大返し」を挙行し、主仇《しゅきゅう》明智光秀を山崎の地で打ち破った、

てた。
の戦いで破ると天下人の継承を強く意識し、安土城を上回る豪華で堅固な大坂城を建
今年に入ってからはずっと織田家中での跡目争いが続き、秀吉は柴田勝家を賤ケ岳《しずがたけ》
三成は備中高松城の水攻めの感触が妙に忘れられない。
(黒田官兵衛殿の献策による足守川の流れを利用した水攻めは使える)
一連の激動から二年余りが経過していた。

「待たせてしもうたな。どうじゃ天守閣から見下ろす景色に驚いたか」

三成は天守閣へ上りながら発する秀吉の叫び声にハッとして、階段の上り口に膝をついた。

「まことに恐ろしいばかりにござりまする。天下人になられた上様が地上を統《す》べられるには、四方を見渡せる絶妙の位置と感ぜられました」

「佐吉よ。昨年来の親父殿（勝家）との戦いに勝ち、天下を統べるべく織田家を引き継ぐ身となったものの、お館様が目指された天下一統というものが今一つ理解できぬ。御事《おこと》はいかように考えおる……」

三成は六年前の天正五年（一五七七）十八歳で奏者《そうじゃ》に抜擢《ばってき》されていた。奏者とは主君と家臣との間の取次役であり、大変な権力が集中する要職である。その翌年十九歳

で結婚した。相手は同じ羽柴家に仕える尾藤次郎三郎、のちの宇多下野守頼忠の娘である。その姉の夫がのちに上田城で徳川秀忠軍を撃退した真田昌幸である。つまり、石田三成と真田幸村の父昌幸は義兄弟（合婿）なのである。

「某《それがし》ごときは天下を理解する器量の者にはございませぬ。その器量をお持ちの上様に考えてもらわねばならぬ大事にございます。ただ、この佐吉が思いまするに、器量を備えた方《かた》が上手く利用されれば、天下の名のもとに今なお蔓延《はびこ》るあらゆる権威を取り払うことができる器《うつわ》の如きものなのではございますまいか」

正直、三成には天下というものがわからない。三成の夢は天下人となった秀吉に仕えて、天下を統べるという事業のお役に立ちたいということである。

「器と申すか……」

「右大臣信長様はその器をお作りなさろうとされるも、完成間近で明智殿に道を塞《ふさ》がれ、黄泉《よみ》の国へ参られました。『争いのない世を作らねばならぬ。大名や豪族どもがつまらぬ意地を通して戦《いくさ》に及び、民を苦しめては断じてならぬ。そのために自らは鬼《おに》にも蛇《じゃ》にもなろう』、という気概をお持ちにございました」

「敵対する諸大名を平らげられたのは言うに及ばず、比叡山延暦寺の焼き討ちや一向宗門徒の大虐殺もそういうお考えのもとになされたのであろうな……」

「世に平和をもたらされたゆえに、天台宗、法華宗、一向宗はじめ宗教勢力はおしなべて安心して武力解放を行い、本来の仏の教えを広める動きに転じています。右大臣様は新たな価値観を創造するために旧弊を破壊されたのでございます。恐縮ながら、上様は恵まれておわします。憎まれ役は全て右大臣様が担当なされ、恨みそのものを黄泉の国にともなわれました。上様は骨抜きにされた諸勢力に力を貸し与えればいい立場におわします。逆に言えば、自らの望む方向に導くことができるお立場なのでございます」

秀吉はかねて持つ自らの天下に対する想いを整理した。

「佐吉よ、儂《わし》はこう考えていたのじゃ。この日本《ひのもと》は島国じゃ。その中では狭い料簡が蔓延《はびこ》り、絶えず争いが起きている。が、最終的に治める範囲は島国ゆえに決まっておる。地図の上での天下の範囲は明確じゃてに」

海風が天守閣を吹き抜けた。

「また武家に対抗する勢力としての宗教勢力を統《す》べる手立てはお館様が道筋を示された。じゃが、地理的および宗教的なものに加え、もうひとつ巨大な勢力が存在する。勢力というより権威と呼んだほうが相応《ふさわ》しかろう……」

秀吉は一呼吸置いた。

「朝廷じゃ。天孫降臨《てんそんこうりん》で、この世に舞い降りられたという天皇家じゃ。武力を誇示する者にはより巨大な軍事力で圧倒することで対処できるが、朝廷は異次元の力つまり権威に支えられている。言葉を換えれば、武家の棟梁たる征夷大将軍にしても、その地位はひとつの『特権』であり『利権』に過ぎぬが、一方の天皇の場合はその権威を押し立てて他のすべての地位を無力化・平等化できるのじゃ。権威と天下はいずれが勝る概念じゃろうか……」

　三成は、ハッとした。秀吉の悩みはもうその段階に達していたのだ。

（天皇家とどう向き合えばいいものか）

　三成は新たに投げかけられた問いに一瞬の戸惑いを感じつつ、すばやく整理した。

「上様、やはり天皇家をも抑えられるものは、天下という概念以外にはござりませぬ。確かに朝廷は権力を持たざるゆえの権威に支えられておりまするが、その権威は誰かに頼らねば活かせませぬ。天下を平定された上様のみが朝廷と正面から対峙《たいじ》できる資格を有しておられると申せましょう」

「朝廷の権威を利用して天下を統べる……か。ハッハッハッ！　確かにそうかもしれぬな」

　三成の出した結論に秀吉の明るさが墨《すみ》を付けた。

「儂の使命はただひとつなのじゃ。お館様のご遺志を引き継いで、戦《いくさ》のない世を築くことよ」

（二）

三成は秀吉からさらに深い境地を聞かされた。

「佐吉よ、儂《わし》はこうも思うのじゃ。我が国の人々は農業を基盤にしてきたせいか、天地に異変がないことが何より幸せと感じてきた。宗教とてそうじゃ。今が最高の時であり、時が経ち異変が起これば悪くなる。末法思想とはそのことを表していようが。ましてや、この国では台風が襲い、地震がすべてを破壊することさえある。そうなると、どうしても未来は暗く、何もしないことが善だとなる」

三成は、進取の魂をまたたく間に身につけた秀吉の柔軟性を素晴らしいと感じている。

（右大臣様の影響が大きかったのであろう）

「だから進歩がない。そうではのうて、今日より明日が明るいと思える世にせねばならぬ。お館様は、楽市楽座を開設されて、村々を豊かにされた。農業に加えて、商いを自由にすることで交易を盛んにし、豊かな世を築こうとなされたのじゃ。『新しきものは古きものより優れており、明日は今日より明るい』という強い意志を込めておられた。儂がお館様を超えるとすれば次の段階じゃ。海外とも交易することにより、規模の大きい豊かさをこの国に行き渡らせたい。そのためにも、天下一統を急がねばならぬ」

（このお方とならば、己の夢を実現できる）

三成は秀吉と夢の続きを見たいと思った。

「国内統一の最大の障害は徳川殿にござります。徳川殿は甲斐の武田信玄公にさえ真正面から立ち向かい、負けはなされたもののその勇気と同盟者織田家への律義者ということで『海道一の弓取り』とまで称されるようになられました。しかも、武略に長けておられるだけではござりませぬ。本多正信殿という懐刀《ふところがたな》を得て謀略も磨かれているとのことにござります。上様が明智殿を山崎の戦で打ち破り、右大臣様の仇《かたき》を取られ、織田家中は無論のこと毛利殿はじめ西国大名の多くを心服させられた今となっても、徳川殿だけは靡《なび》いてはこられませぬ。上様の要請さえ言葉巧みに躱《かわ》され続けておられる始末にござります。本多殿の指南ありし故やもしれませぬ……」

「佐吉よ、鷹狩りの帰りに御事《おこと》に茶を振る舞われて以来はや七年余りになるかの。その間、織田家中をまとめたとはいうものの、親父殿（勝家）攻撃の際には、お市様を失のうてしもうたわ。じゃが……」

お市とは信長の妹であり、その才色兼備は世に有名であり、秀吉も恋焦がれていた。一方、お市は秀吉のことを、最初の夫浅井長政の命を奪った男、その後の嫁ぎ先の柴田勝家も殺害した男として毛嫌いしていた。ふとした折にお市の話を始めると、秀吉は途端に歯切れが悪くなることを三成は知っており、さりげなく話題を戻した。

「上様、徳川殿にございます。『織田は西に、徳川は東に』との合意のもとに右大臣様と同盟を結ばれた間柄の御仁です。つまり織田家と徳川家は同格なのです。恐れながら、上様たちのような織田家の家臣ではなく織田家の同盟軍であり、家格は今のところ徳川殿が一枚上なのです」

三成は続けた。

「しかし、上様は運をお持ちにございます。右大臣様が本能寺で亡くなられたとき、ちょうど毛利攻めの総指揮官となられておられた。平時ならば同僚である諸将を右大臣様から配下としてお借りなされておられました。明智殿謀反の報に接せられるや、即座に備中高松城攻めより大兵力を大返しなされ、明智勢を蹴散《けち》らされました。そして勢いそのまま、諸国をあまねく平らげあそばした」

三成は秀吉に対しても遠慮のない物言いをする。秀吉はしばしば苦々しく思うが、振り返ると、三成の言葉は真実を語ることが多い。だから秀吉は全身を耳にして三成の話を聞くことにしている。いわゆる度量の大きさである。

「佐吉は、相変わらずズケズケと言いたい放題の物言いじゃの。そこが有り難いといえば有り難いのじゃが……」

秀吉は相手を褒めることで己の動揺を隠すのが常であった。

第三章　秀吉と家康

小牧・長久手

（一）

賤ヶ岳《しずがたけ》の合戦の勝利によって、秀吉は天下人の最後の段階を昇りつめようとしていた。

（あの猿男か）

尾張の百姓から成り上がり、信長から「猿」と呼ばれ、皺の多い顔で早口で喋りまくる、あの男が天下人になる姿を家康はとうてい想像できない、というより想像したくもない。

（秀吉も光秀と同じく、すぐに滅ぶであろう）

と、家康はじめ徳川家中の誰しもが思った。

徳川家の者たちだけではない。九州の島津、四国の長曾我部、関東の北条、その他多くの諸将も秀吉政権を短期政権と見ていた。

（大殿を含めて、皆田舎者《いなかもの》の集団じゃ）

正信は、かつて諸国を放浪しただけに、世の流れが読める。

（信長様の入京から始まる天下一統の流れは止まることがない。長らく続いた戦乱の世に戻らぬように、中央統一権力者の存在すなわち天下一統の流れは歴史の意志であるかのように皆が自然と受け止めておるではないか）

近頃、正信は天下人のことをよく思う。

（信長様急逝後も、次の天下人は誰かと皆が想像していることが何よりの証拠じゃ。秀吉様も諸大名とは次元の異なる段階へ上っておられるように見える）

「大殿、恐れながら少々見方が甘うございまする。秀吉様が存命される限りはその権力は揺るがないとお考えなさるがよろしいかと愚考つかまつりまする。豊臣軍をご覧なされば一目瞭然にござります。その軍勢は兵農分離が進み、兵は戦闘の専門集団として鍛え上げられており、軍隊としての完成度の差が歴然といたしております。また、五奉行が政策を見事に遂行しており、なかでも石田三成という某《それがし》よりも二十七歳も若い武将がなかなかの官吏ぶりだそうにござります」

（儂《わし》を甘いと申しおったな）

おかしな主従である。すっかり策謀の魅惑に惹《ひ》かれた家康は、正信が放つ言葉の一つ一つが意味ありげで面白くて仕方がない様子である。

「信雄《のぶかつ》様をご利用なさりませ」

「あのうつけ殿に何ができるというのじゃ」

正信は手にしていた扇子を膝の前に置いた。

「ひとつには信雄様は、尾張を所領されております。つまり、いざという時は、わが三河の緩衝《かんしょう》地域となっていただけます。ふたつには、大義名分に利用するのでござります。さきほども申し上げましたように、秀吉様ご存命の間はその天下人としての地位に揺るぎは生じませぬゆえに、最終的には秀吉様に臣従せねばならなくなりましょう。しかし甲斐国の戦闘で北条殿に見せたような一矢は刺しておかねばなりませぬ。緒戦つまり局地戦で勝利をおさめ、講和に持ち込むのでござります。ただでさえ大殿は『海道一の弓取り』と呼ばれておわしまする。加えて、秀吉様に一撃を喰らわすことができれば、次の天下は徳川様か……と皆が思うようになるに相違ござりませぬ。その徳川様が織田家一族から天下人を出そうとしておられる。『なんと律儀なお方よ』、と皆が敬意を払うことにござりましょう」

当の信雄は清洲会議で信長の後継者に決まった三法師の叔父として、天下の執権職を気取り、「秀吉など織田家の一家来に過ぎぬ」と嘯《うそぶ》いている。

（天下は公器であり、世の安寧《あんねい》を成し遂げうる秀吉様こそが天下人たらねばならぬ）

との考えに立つ三成には、信雄《のぶかつ》が次第に邪魔《じゃま》な存在になってきている。「羽柴秀吉が、織田信雄を暗殺しようとしている」という噂がこの半年余り世間に流れている。噂を流したのはほかならぬ三成である。「徳川家康が、織田信雄と組んで羽柴秀吉を討とうとしている」という噂も同時に流れた。噂の出どころは正信である。

三成も正信もともに信雄の決起を待っていた。三成の意図は信雄の抹殺である。できれば家康もあわせて討滅したいが、味方の損害も夥《おびただ》しくなるうえに北条と国境を接することになり面倒もともなうので躊躇《ためら》っている。正信のそれは〝次〟を期待して秀吉との局地戦で勝利することである。

この頃になると、徳川軍は甲斐武田の家臣を多く抱えた効果が出てきていた。信玄の編み出した「武田軍法」という整然とした体系を徳川軍法として採用したうえで、酒井忠次・本多忠勝・榊原康政・井伊直政のいわゆる徳川四天王に命じてより実践化し、「新徳川軍法」を作り上げた。甲信両国の併呑《へいどん》と新徳川軍法の完成は、秀吉との決戦を前にして徳川軍に大きな自信と余裕を与えていた。

（百万石の信雄軍と百四十万石の徳川軍を合わせれば二百四十万石になり、秀吉の大軍を前にしても負けることはなかろう）

正信と家康の考えは重なった。

（二）

正信は後顧《こうこ》の憂いを取り除くべく忙しく動き回った。北条との関係を緊密にしておかねば、秀吉と東西から挟撃されたらひとたまりもない。そこで甲斐での和議通りに家康の娘督姫を北条家当主氏直《うじなお》に嫁がせ、攻守同盟をより緊密にした。

しかし、外交手腕にかけては秀吉が一枚も二枚も上手《うわて》である。秀吉の立てる策略を見事に事務化する三成は、信雄の弱体化を謀った。信長が信雄につけた四補佐役（岡田信孝、津川義冬、酒井長時、滝川雄利《かつとし》）のうち岡田、津川、酒井の三家老を口説いて、内応を約束させ、残る堅物で寝返りの期待できない滝川にも他の三補佐役の誓紙《せいし》を見せて同様に口説いた。滝川から信雄にこの話が入ることを計算のうえである。滝川は長島城に飛んで帰ると、信雄に委細を報告した。信雄は怒り心頭で三人の補佐役を謀殺した。これにより、信雄軍は四分の三が指揮官のいない烏合《うごう》の衆になってしまった。天正十二年（一五八四）三月三日のことである。

（やられた）

正信は地団太《じだんだ》を踏んだ。謀略という点では自分は秀吉・三成主従の足元にも及ばない。

（天下取りには生半可な謀略では覚束《おぼつか》ない。類を絶した大悪謀・大奸計も必要なのだ）

一筋の流れ星が春の夜空を舞い、月光の輝きの中に消えた。

（三）

正信は、家康に進言した。

「大殿、ことここに至れば敵軍の戦闘態勢が整わないうちに行動を起こし、少しでも有利な陣地を確保すべきと思われまする」

家康は天正十三年（一五八五）三月七日に出陣した。明智討伐軍を起こしたときとは比べものにならない早さの行軍であった。浜松城を発した家康は、「金の扇」馬印を濃尾平野の渡る風に靡《なび》かせながら清洲城を目指した。

正信は行軍している間も家康の意向を受けた外交の手配りに汗していた。

四国の長曾我部元親、紀州根来《ねごろ》の僧兵や鉄砲集団・雑賀《さいか》党あてに織田信雄名で親書を出し、秀吉が天下統一すれば現実になるであろう危機感を煽《あお》った。

しかし東西から圧力をかけようと工作するごとに外交手腕に秀でる秀吉・三成主従にことごとく捻《ひね》り潰《つぶ》されていった。肩を落とす家康を力づけるべく正信が言上した。

「羽柴軍にも弱点はござります。日本の中央二十四州を勢力下に入れたとはいえ、その軍隊には『統帥権』が欠如しています。秀吉様は織田家家臣団の中で光秀殿討伐の功績により頭一つ抜け出しているのみであり、その配下の諸将は勝手に動く傾向がござります。そこを上手く衝《つ》けば勝機は必ずや訪れましょう」

（この一戦、勝機ありと見た。秀吉めに一泡吹かせずにはおくまいて）

正信の励ましに勇気づけられた家康は昂《たか》ぶる気持ちを発散させた。

「同盟軍織田家の逆賊、羽柴秀吉を討つ」

「オオ！」

徳川軍の雄叫《おたけ》びが濃尾平野にこだました。

徳川軍が三月十三日に清洲城に入ると、信雄が喜び勇んで出迎えた。

正信は信雄に囁《ささや》いた。

「信雄様、このたびの戦は必ずやわが方が勝ちましょうぞ」

（四）

秀吉軍もぞくぞくと濃尾平野に集結しつつある。野を埋め尽くすような大軍である。

秀吉軍八万に対し家康軍一万八千と数においては秀吉軍が圧倒的に優勢である。

正信の予想通り、統帥権を欠く秀吉軍に抜け駆けをする者が出た。池田勝入斎（恒《つね》興《おき》）と森長可《ながよし》である。

まず勝入斎が徳川軍の前線基地である犬山城を陥落させた。

正信は、犬山城陥落の報を受けると清洲城に本陣を置く不利を考え、家康に適当な候補地を探すよう進言した。家康が本陣に選んだのは、清洲城の東北約三里に位置する小牧山城である。小牧山は濃尾平野の中央にぽっかり浮かんだ感じの丘である。東西にやや長く、標高約三百尺（約九十メートル）足らずであるが、四方の見通しがよく、戦術的価値の高い場所である。家康は榊原康政に命じて、急いで陣地を築かせた。

秀吉軍でも、功名心を刺激された「鬼武蔵」の異名を持つ森長可が小牧山の戦略的重要性に目をつけて進軍を開始した。しかし、途中の羽黒村で勝入斎を待つ間に正信の放った諜報網にかかり、孤軍であることも筒抜けになった。

正信は家康に夜襲をかけることを勧めた。襲撃には敵の二倍の一万五千人が投じられた。自軍の八割の兵力を割《さ》いたのである。

（緒戦で敵軍を完膚《かんぷ》なきまでに討ち果たすことが最も重要だ）

緒戦における大勝利が敵軍に心理的影響を与え以降の戦闘を有利にすることを対北条戦において肌で感じ取っていた。数々の合戦を経験してきた家康は無論のことである。

徳川軍の精鋭部隊で構成された大奇襲部隊は、三月十六日の深夜にひそかに清洲城を出発し物音をたてずに影を闇に溶かせて粛々と進み、翌十七日未明に長可隊の眠る森に接近した。大部隊による夜襲は最も至難な作戦と言われるが、新軍法に裏付けされた精強徳川軍団にして初めて可能な芸当であるといえよう。しかも長可隊は不用意に篝火《かがりび》を焚《た》いていた。

「かかれぃ！」

酒井忠次の号令一下、奇襲部隊は一斉に銃を打ち込み敵陣に雪崩《なだれ》込んだ。鬼武蔵といえどもいったん崩れ始めた兵を立て直すのは至難の業である。この戦闘で、長可隊の戦死者は三百人を超す大敗となった。

正信の出番である。

「あの鬼武蔵がやられた」

との事実を各地の諸将に伝えるとともに、敵軍にも吹聴《ふいちょう》した。

この一戦は「羽黒の陣」と呼ばれ、「小牧・長久手の戦い」での数少ない両軍激突の場面である。この緒戦における大勝利は、家康軍に大きな自信を与えるとともに、政略上でも計り知れない効果を生み出した。

（五）

「やはり上様御自ら戦場に立たれなければ収束しますまい」

「羽黒の陣」の敗報に衝撃を受けた秀吉は、三成の進言を受けて、急遽、尾張の前線への出馬を決意した。三月二十一日に三万の兵を率いて大坂を発ち、岐阜を経て二十八日、犬山城に入った。そして翌二十九日には、家康の本営のある小牧山から二十町（約二・二キロ）と至近距離の田楽に本陣を構えた。

こうして両軍の睨み合いが続いた。両軍とも動くに動けない事情がある。家康・信雄軍は地の利は得ていても兵力が劣勢であり、一方の秀吉軍は兵力で圧倒しているものの敵陣深く入り込んでいるために補給線が延びきっている。両軍とも積極的な展開ができずに睨み合いは長期化した。焦《あせ》りは、秀吉軍に出た。特に、〝羽黒の陣〟で惨敗した森長可と舅《しゅうと》の池田勝入斎においてである。

「家康が小牧山に釘づけにされている間に、別働隊で家康の本拠地三河を衝《つ》く」

勝入斎が自ら思いついた計画を秀吉に披露した。傍らで勝入斎の話を聞いていた三成が秀吉に進言した。

「上様、徳川殿が容易《たやす》く三河への道を通すわけがありませぬ。まして敵方には本多殿も控えておりまする故に、いかなる謀略を仕掛けてくるか窺いしれませぬ。今は動かぬほうがよろしかろうと……」

秀吉はいったん勝入斎の策を退けたが、この案に森長可は無論のこと甥《おい》の秀次が乗ったのでしぶしぶ許可を与えた。

秀次を総大将とする〝三河襲撃の別働隊〟が編成された。池田勝入斎、森長可、長谷川秀一、堀秀政らの諸部隊、総勢三万余の大軍である。別働隊は、四月七日、ひそかに田楽を発ち東進した。ところが、途上の岩崎城を通過する際、城主丹羽《にわ》氏次《うじつぐ》の弟氏重《うじしげ》が三百の兵で挑んできたため、やむなく城攻めを行った。ここに別働隊の隠密行動は、正信の知るところとなった。

ここまでが世にいう「小牧の戦い」であり、以降が「長久手の戦い」である。

正信は家康に事の成り行きをつぶさに報告した。

家康は秀次別働隊を叩くため、七日、榊原康政、大須賀康高らに兵四千五百を与えて先発させ、翌八日には家康自身が残りの兵を率いて、ひそかに小牧山の本陣を出て、矢田川北岸の小幡城に入った。

九日朝、榊原と大須賀の先遣隊は、秀次直属部隊に追いつき、長く伸びきった隊列の横っ腹に銃撃を浴びせた。秀次部隊にとって徳川軍の出現は想定外のことであり、たちまちに大混乱に陥った。こうなると兵力の多寡《たか》は問題ではない。先手《せんて》か後手《ごて》かだけである。後手に回った秀次隊は総崩れになった。この戦闘の中で、池田勝入斎・元助父子、森長可をはじめ名立たる武将が相次いで討ち死にした。将を討たれた秀次部隊は全軍総崩れになり敗走した。

この合戦による秀次部隊の戦死者は、実に二千五百人以上、家康軍も五百人以上が討ち死にした。戦国時代の数多《あまた》の合戦の中でも屈指の激戦となったのである。

こうして四月九日の合戦が、小牧・長久手の戦いにおける最大の戦いになった。

秀吉が動こうとしたときは手遅れであった。家康は兵をまとめて、小牧山の本営に戻って備えを固めてしまっていたのである。

再び持久戦になると見定めた秀吉は、

「当方から討って出ることまかりならぬ」

と言い残して、六月二十八日に大坂城に戻った。これにより、小牧・長久手の戦いは実質的に終息した。しかし未だ講和には至っていない。形式的な講和は、秀吉の甘言に誑《たら》し込まれた信雄が家康に相談もせずに秀吉と単独講和を結んだことで整った。家康は信雄に裏切られ、「織田家のため」という大義名分もなくなり浜松に引き揚げた。

その夜、家康はお淑に伽《とぎ》を命じた。長い戦陣の疲れを柔肌が癒《いや》した。

翌朝、浜松城の離れの部屋に泊まった正信は珍しく朝寝坊をした。気怠《けだる》さが心地よく背筋を流れるなか、すでに高く昇った太陽が鋭く光を投げかける。池に泳ぐ鯉《こい》を見ているのか、畔《ほとり》の松の小枝を眺めているのか、自分でも朧《おぼろ》げなまま正信は大きく口を開け欠伸《あくび》をした。

傍らで欠伸が終わるのを待っていた小姓が、

「殿様が朝餉《あさげ》を一緒に食べぬかとの仰せにござりまする」

との家康の言葉を伝えた。

「おいしい味噌汁にござりまするな」

戦陣では米粒は食べても、旨い味噌汁は飲めない。

「大殿、まったくもって信雄様に振り回された戦いでござりましたな。兵も相当死傷させてしまいました」

正信の声はだんだんと快活になった。

「しかし、大殿はより大きなものを得られました。ひとつは、『海道一の弓取り』の名を不動のものとなされた。さらに、秀吉様を散々苦しめたうえで講和に持ち込まれた。その殿《しんがり》の役を信雄様にやらせて大殿は弱みを見せずに退かれた。『秀吉様に一撃を加えて和を結ぶ』とのわが方の戦略通りに事が運んだのでござります。徳川家は一目も二目も置かれる存在になり申した」

家康は気怠さの中で首を縦に振った。池の鯉が跳《は》ねた。

「次元の違う戦いであった」

正信は家康の発した一言に相槌《あいづち》を打った。

「長引けば負けた」

正信は家康の続く言葉に、百戦錬磨の家康でさえ怖れさせる天下人秀吉の重みをひしひしと感じた。

関白拝任

（一）

「佐吉よ、儂《わし》は呑百姓《どんびゃくしょう》から成り上がり、もはや日本《ひのもと》随一の侍大将であると誰もが認めるまでになった。そこでじゃ、お館様が目指された『天下布武』、つまり武力で天下を統一し平和な社会を築くために征夷大将軍《せいいたいしょうぐん》になろうと思うておる。しかし、そのためには源氏であらねばならぬ。そこで儂はお館様に京を追放され、備前の鞆《とも》で毛利家に匿《かくま》われておられる室町幕府最後の将軍足利義昭公に使いを出して、猶子《ゆうし》としていただくよう申し入れた。無論、義昭公に対しては、京に移り住んで贅沢三昧《ぜいたくざんまい》ができるような賄料《まかないりょう》をつける条件を示しての。しかるに金銀よりも血筋が大事との理由で断られてしもうた。全くもって馬鹿にしおってからに……」

「上様、征夷大将軍は諦《あきら》めなさりませ。源平交代思想によれば、鎌倉幕府将軍の源氏本家、続く北条の平氏、室町幕府将軍の足利源氏のあとの今回は平氏の番でございます。つまり源氏のみに許された征夷大将軍にはなれませぬ。その上に先達《せんだっ》て上様は正親町《おおぎまち》天皇から仙洞御所《せんとうごしょ》造営のお礼として、内大臣正二位を叙位なされておられまする。もはや征夷大将軍より一段上の官位になっておられます」

「それはそうじゃが、儂はあくまで武士なのじゃ……」

（何を未練がましく……）

三成は、時に子供のようにわがままな態度を示す秀吉には、黙《だま》ることで諫《いさ》める。

「わかった。わかった。それでは諸侯をひれ伏させるための権威付けはいかがいたすかの」

「上様、某《それがし》は前田玄以《げんい》殿に依頼して朝廷工作を進めているところにございます。そうしましたるところ、菊亭晴季《きくていはるすえ》様より『関白』職はいかがか、とのお話をいただきました。かつては藤原家が独占していた要職で、天皇に代わって政治を行う立場にござります」

三成は、秀吉が天下人になるであろうと予想した瞬間《とき》から、あらゆる方面に手を回し、あらゆる可能性を追求していた。

まさに三成は、秀吉にとっての両眼であり、両手であり、両足であった。

（二）

「関白になるには藤原家の系統であらねばなりませぬ。その点、前関白の近衛前久《このえさきひさ》様に猶子《ゆうし》にしていただく約束を取り付けておりまする。あとは上様のご意向ひとつにござります」

三成は促すような目配りで秀吉を眼光鋭く見つめた。秀吉は思わず頷《うなず》いた。

「上様、佐吉は嬉しゅうございます。これからも上様のもとで粉骨砕身《ふんこつさいしん》して世のために尽くしてまいりとう存じます」

こうして秀吉は天正十三年（一五八五）七月十一日、関白に叙任され、名実ともに最高権力者になった。秀吉五十歳の天命を知る頃である。また借姓の藤原に代えて、源平藤橘《げんぺいとうきつ》の四姓に加えて新たに創成した豊臣姓《とよとみ》を名乗った。ここに、豊臣秀吉が誕生した。

「上様、関白職ご就任誠におめでとうござります」

「佐吉よ、そちだから申すが、今でも公家ではなく武家の棟梁、すなわち征夷大将軍に未練たらたらじゃ」

（素直なお方だ）

秀吉は戦国を生き抜いてきた、いや勝利してきた強者である。武力のみならず、近年とみに策略に策略を重ね、敵を調略してきた。その秀吉がたまに見せる正直を絵に描いたような姿も三成は大好きである。

「ご案じめされますな。要は武家政権を超えるような権力を豊臣公家政権が持てばよろしいのでござります。上様が進めておられます四国平定も間もなく終わり、次は九州平定に向かわれます。つまり、長曾我部征伐が終われば、次は島津討伐ということになります。特に島津は源氏一門にて誇りが高うございります。最後の一兵まで激しく戦い抜くは必定にて、味方の多大な損害も覚悟せねばなりますまい。しかし、朝廷の権威を借りて、つまり上様ではなくて天皇に降伏する形さえ作ってやれば、島津は名誉を棄損することなく白旗を挙げられるのです。軍を起こす名目を『天皇の命によって』とすれば、豊臣軍は常に官軍、刃向かう敵は常に賊軍になると申せましょう」

秀吉は満足げに頬《ほお》を弛《ゆる》めた。

三成は力強く拳《こぶし》を握りしめた。

「上様、豊臣政権が未来永劫《みらいえいごう》のものとなるか否かは、これからの仕組み作りにかかっていると申せましょう。ほどなく上様は全国を平らげられます。いよいよ右大臣様が目指された天下一統を実現あそばされまする。太平の世を築き万民を幸せにしたい、という上様の願いの実現に向けてこれから地固めをなされねばなりませぬ」

三成は持論を簡潔に述べた。

「そのためには、上様のご意向が全国津々浦々に等しく伝わらなければなりませぬ。すなわち豊臣中央政権のみが政策を決定し、各大名はその政策を忠実に実行する機関にしなければなりませぬ。平和な世に独立大名は不要と申せましょう。特に大大名は改易せねば、将来に禍根《かこん》を残すことになりましょう」

無論、三成は家康を強く念頭に置いており、そのことは秀吉とて同様である。

「大名に代えて、政《まつりごと》の執行機関として各地に奉行をおくことが三成の究極の政治改革にござります」

三成の意見は正論のひとつである。ただし、急げば反発が起きるのは必至である。この時期は、未だ四国・九州や関東・東北にも仮想敵が多く、武力の必要性は続いていたのである。三成は一途な性格であり、躊躇《ためら》わずに己《おのれ》の考えを貫いた。ここに五奉行体制に矛盾《むじゅん》や歪《ひずみ》が生じた。後々《のちのち》まで禍根を残すことになる武断派と文吏派の対立が芽生え、豊臣政権最大の矛盾となってゆくのである。

秀吉・家康会談

（一）

ともかく島津征伐により西国を平定するまでは家康の協力を得ておく必要がある。

三成は、秀吉の思いを世間に噂させた。

「あの御仁の協力なくして、天下の安寧《あんねい》など望めぬ。早く上洛して天下一統に共に進んでいただけぬものか」

家康の耳にも当然入る。

対応を尋ねられた正信が家康に一言で論じた。

「無視なさりませ」

天下人秀吉が異次元の世界に移ったことは明らかであり、逆らったら滅ぼされるであろう。だが、いまだ東には北条、その北には佐竹、さらに奥州には伊達《だて》が、また南の九州には島津が、

「秀吉なにするものぞ」

と鼻息荒く勇んでいる。

「機を見誤ってはなりませぬ」

今は演技の最中である。

豊臣軍は、四国の長曾我部平定に目途をつけ、次に九州全土を席巻しようとする勢いの島津征伐に乗り出そうとしている。それがすめば次は東海であろう。

「ついには臣従《しんじゅう》せねばなりますまい」

正信は家康がかねて格下の秀吉の下につくことを快く思っていないことは百も承知だが、上杉家百二十万石と毛利家百二十万石が豊臣方についた今となっては彼我《ひが》の力の差は歴然としており、ここで置いてきぼりを食ったら取り返しがつかない事態に陥《おちい》るだろうことも見通せる。徳川家さえ存続させれば、

「天下への道はいつかは必ず開けまする」

と説いている。

「いずれ大坂に出向かねばなりますまい」

正信はその時機を計り続けている。


三成が秀吉に進言した。

「徳川殿は上洛すれば謀殺されると疑っておられるのではございますまいか。だとすれば、不安を取り除いてやる必要がございます」

再三の上洛要請を無視され続けている秀吉は苛立っていた。

「何かいい策があるのか」

「徳川殿と身内になられませ」

「身内じゃと……」

さすがの秀吉も三成の大胆な発想に仰天した。だが、秀吉は本来その内部に発想逞《たくま》しい細胞を溢《あふ》れるほどに抱えている。

「朝日を嫁がせよう。徳川殿は築山御前を亡くされてから正妻を持たれぬゆえにな」

一挙に具体策を導いた。

白羽の矢が立った朝日姫とは、秀吉の異父妹《いふまい》である。

三成は、家康を親族として取り込み、豊臣譜代大名と位置付けできれば、

(それはそれで豊臣政権は安泰であろう)

とも考えないわけではない。

（それは徳川にとっては義を曲げることになろう）

相手の立場に立てばその無理加減は歴然としている、こともわかっている。

（何としてでも徳川殿に臣下の礼をとらせなければ……）

三成は秀吉の天下一統のための当面の鍵として家康を意識せざるを得ない。

（西国大名を平定するまでのことである）

三成の家康敵視の基本は微塵も揺るがない。家康を豊臣譜代的な存在にしてゆかねば、豊臣中央専制政権の確立過程で衝突するのは火を見るより明らかなのである。


しかし、家康は朝日を受け入れはしたものの、なおも上洛しない。

「大政所を人質に差し出されませ」

とは、さすがの三成も言えない。

大政所とは秀吉の母である。秀吉の親孝行は世に知れている。

「大政所を三河に送る」

三成の悩む姿を感じ取り、秀吉が先回りした。

「大殿、そろそろ潮時でござりますな」

正信は、降りしきる秋雨から目を逸《そ》らして家康を見た。

実母まで差し出すという秀吉の意向を無視したら、それは怒りに変わるであろう。秀吉が兵力の消耗覚悟で長期戦を挑んできたら、いかに勇猛な徳川軍とてひとたまりもあるまい。

正信の敏感な英知は、秀吉に敵対することの不利を察知している。

「わかった」

家康は一言いった。家康と正信の会話はお互いが一言ですまそうとする。

大政所の来着を確認すると、主従は大坂に向かった。天正十四年（一五八六）十月二十六日に大坂に到着した家康一行には、秀吉の弟である羽柴秀長邸が宿泊所として提供された。

（二）

翌二十七日、家康一行は大坂城に向けて秀長邸を発した。

家康の乗った駕籠に付き従う正信が、障子戸に向かって話しかけた。

「大殿、昨夜はさぞや驚かれたでござりましょう。まさか関白が……」

秀吉は前年の七月に関白職を拝任していた。

「身動きの軽いお方じゃ」

家康の言葉には、秀吉の放胆な行動に対する驚きのなかに多少の敬意が含まれている。

昨夜、秀長邸で夕餉《ゆうげ》を馳走《ちそう》になり寛《くつろ》いでいたところに秀吉がひょっこりと現れたのである。供回り数人のお忍びである。

「某《それがし》も襖《ふすま》一つ隔てた隣の部屋で聞き耳を立てておりましたが、明日の大坂城での関白就任式にて臣下の礼を取っていただきたいと言われたときには、さすがに呆気《あっけ》にとられてしまいました」

正信は秀吉のあからさま過ぎるほどの素直な言い回しに、ひどく凄《すさ》まじき執念を感じ取った。

「大殿さえ臣下の礼をお取りあそばされれば、諸大名は関白秀吉様が天下人になられたことを実感いたすは必定にて、関白はその一点に焦点を凝縮されて迫ってこられた」

「されば、いかがいたすかの。聞き入れてやるしかあるまい」

「律義者を演じなされませ。再三申し上げております通り、関白の天下はその存命の間は続くと見ねばなりませぬ」

すっかり秋色に染まった大坂城内の木々の間を一行は進んだ。

「次を狙いなされませ。しばらくはご辛抱にござります」

「人の一生は重き荷を担いで遠い山道を行くようなものじゃ。決して急《せ》いてはなるまいぞ」

正信の箴言《しんげん》を復唱するかのように、家康は己の人生観を正信に向けて放った。

家康は、大坂城内大広間での関白披露式の最前列に着座した。

秀吉から投げかけられた呼びかけに応じて厚みのある声を発した。

「関白殿下におかれましては天下の安寧《あんねい》をひたすら望まれておわします折に、この徳川家康もその手足となり粉骨の働きをいたす所存にござります」

ここにおいて、天下人豊臣秀吉が名実ともに誕生した。


秀吉は、大坂城を出ようとする家康を袴《はかま》の裾《すそ》を捲《まく》りあげて駆け足で追いかけてきた。

「徳川殿、この秀吉まことに感謝の一念でござる。このご恩、生涯忘れ申さぬ」

（これも関白の演技であろう）

正信は最後の最後までひたすらに家康に感謝する秀吉が恐ろしくもなった。

（わしも関白・三成主従に負けぬ謀略を身につけ、わが殿に天下の継承者になってもらわねば……）

謀略の面白味が分かってきた正信は、ここにおいて常に前を走る秀吉・三成主従を追いつき追い越すことを目標とした。

家康は、十一月十一日、岡崎城に帰着すると、井伊直政に命じて、大政所を丁重に大坂に送り返した。そして翌十二月には、十七年間住み慣れた遠州浜松城から駿河国駿府城に本拠地を移した。

いよいよ、天下取りの序幕が下ろされたのである。

第四章　天下一統

惣無事令《そうぶじれい》（検地・刀狩）

（一）

天正十七年（一五八九）五月、秀吉と茶々との間に鶴松が誕生した。三成は豊臣家の将来に安堵《あんど》の念を抱くとともに、

（鶴松君のためにも、なんとしてでも中央政権確立を進めねばならぬ）

と使命感を新たにした。

思いは秀吉も同じである。戦いに明け暮れたゆえにやり残していた諸問題に踏み込む必要性を感じていた。

「佐吉よ、儂《わし》はお館様にお仕えして以来、気が付けばいつも戦場で槍を振り回しておった。政《まつりごと》は全てお館様任せであり、そもそもそんなものがあるとは思うてもおらなんだ」

秀吉は、信長のことを思い出すたびに感傷的になる。褒《ほ》められたことや足蹴《あしげ》にされ

たことも、

（お館様の大きな懐の中で甘えていればよかった）

と改めて思うのである。

「じゃが、鶴松が生まれてみて思うた。今は九州平定を終えたところであり、未だ関東・奥州などに儂に服せぬ大名がいる。とはいうものの、そろそろ国内の政《まつりごと》のあり方を固めていかねばならぬ。鶴松にだけは、戦国の世の醜《みにく》さを見せとうはないゆえにな」

三成は秀吉の顔がゆるやかに翳《かげ》ったのを感じた。

「お館様が目指された夢である天下一統は、儂が引き継がせていただき必ずや実現してみせる。それこそがお館様へのご恩返しであろうと思うておる。じゃが、天下一統が実現したとしても、肝心の天下の治め方が分からぬ。儂は、人相手ならばいかようにも思いのままに操れるが、数字が絡《から》む政はからっきしわからんのじゃ」

（正直なお方じゃ）

三成は思わず頬《ほお》が緩《ゆる》む。そして、自分が何とかして差し上げようと思う。

（某《それがし》の使い方をよく存じておられるのだろう）

三成は、秀吉の掌《てのひら》で踊らされているだけではないのかという場面によく出くわす。

（大きな掌じゃ。天下を統《す》べようとなさる掌ならば、可能な限り踊って差し上げよう）

もう三成は秀吉の天下一統を疑いもしない。

「某は上様に水口《みなくち》城主に任じていただきました折、領国経営を考えたことがございます」

三成は、関白拝任後の秀吉から治部少輔《じぶしょうゆう》の官位と水口四万石の城主の地位を与えられていた。秀吉手飼いの小姓出身としては、加藤虎之助（清正）が一躍肥後熊本二十五万石の大大名に、福島市松（正則）も伊予今治《いよいまばり》十万石の大名となっている。優秀な秘書官である三成は、秀吉の意向により水口という手近に置かれたのである。

（二）

「上様による天下一統後の政のあり方についてでございまするが……」

三成は、水口城主として領国経営にあたっていたときに感じていたことがあった。

「某が、水口を治めようとして行き当たった難問が三点ございました。一点は領民に課す貢租の取り立て基準の問題、一点は領主と一揆つまり民衆との抗争の問題、一点は宗教勢力間の争いの問題でございます」

「天下がいかようにあれば、それらの問題が解決するというのじゃ」

「上様は遠からず『天下布武』を実現され名実ともに天下人となられまする。そこで『豊臣平和令』ともいうべき『惣無事令《そうぶじれい》』を天下に発せられ、争い事が生じたときには『自力救済を禁止し豊臣政権が法によって裁く』こととするのでございます」

三成は大名統制の必要性をかねて感じていた。あわせて農民一揆もなくさねばならぬ。

「まず戦国争乱の原因である大名同士の武力抗争を止めねばなりませぬ。上様の圧倒的な力を背景に私戦禁止令を発しなされればそれは可能かと思われます。『令に従わざる者は成敗する』とすれば全国の大名は必ずや従うでございましょう」

三成は次の問題に進む。

「もう一つは、各地で起きている大名と一揆つまり民衆との抗争の停止にございます。これにつきましては、方広寺《ほうこうじ》大仏建立のためとして『刀狩《かたながり》』を行うのがよろしかろうと考えまする。没収した刀や槍は大仏や大仏殿の釘や鎹《かすがい》に使うので功徳になると申し渡せば、きっと百姓どもは協力するでございましょう。ただし、治安は豊臣政権が保証しなければなりませぬ。刀狩は農民の武装解除にも繋がるゆえに一揆も次第に解消されてゆきましょう」

次に検地の必要性を説いた。

「次に耕地（田畑）面積につきましては、自己申告制ではなくて豊臣政権が直接耕地を測量し生産高を調べて貢租を課すのがよろしかろうと。この『検地』には強制力をともなわなければ公正さは保てませぬ。国人《こくじん》などの中間搾取層《さくしゅそう》を排除して、実際に耕作している百姓たちに土地を任せることが必要です。すなわち、「一地一作人」を原則とすべきにござります。その百姓たちを土地に縛り付け貢租を取り立てやすくすれば、天下の治世は安定するものと思われます。すなわち、『検地』によって日本《ひのもと》は初めて『一国全体の入払勘定の帳尻合わせ』（『予算』と『課税』）がまともにできる国となるのです」

この三成の献策により、秀吉は正確な土地台帳を作り、京枡《ます》に枡を統一して、日本という国の真の力を初めて正確に算出することができるようになった。

三成は、最も難しい問題に切り込んだ。

「最後の一つは、宗教勢力の抗争を停止させることにござります。信長公は、抗争を繰り返す宗教団体の牙《きば》を抜かんがために比叡山延暦寺を攻撃し壊滅させられました。実はこれも『刀狩』つまり『武装解除』と言えなくもありませぬ。『治安は我らが守ってやる。ゆえに武装する必要はない。そのための不当な財源を持つ必要もなし』ということで、寺社が利権として所持していた関銭《せきせん》や特許料などを廃止され、代わりに楽市楽座を設けられて利益を民衆に還元されたのです。そこで信長公のご遺志を引き継いで天下を統一された上様は、堂々と『信仰の自由は認めるが、国家の法には従え』と宣言なさればよろしいかと思われます」

秀吉は方広寺大仏建立を宣言した。武器を取り上げられた寺社勢力は、この「秀吉の大仏」の前にひれ伏し、平和を寿《ことほ》いだ。ここにおいて、戦国時代における最も大きな戦争要因のひとつであった宗教勢力の対立が見事に解消されたのである。

小田原征討（忍城《おしじょう》水攻め）

（一）

この「惣無事令」すなわち私戦を禁止した「豊臣平和令」に北条氏が違反した。

かつて上野国《こうずけのくに》沼田は信州上田城主真田昌幸の所領であったが、幾多の変遷を経て、結局、秀吉の裁定により、沼田領の三分の二が北条領、残る三分の一にあたる名胡桃《なぐるみ》の地を真田領とすることで決着していた。その真田方の名胡桃城を北条方の沼田城城代猪俣範直《いのまたのりなお》が攻撃したのである。

昌幸は合婿の三成に相談すべく書状を送った。

三成は懐刀の島左近を上田城に派遣した。

島左近と真田昌幸は、越後の直江兼続とともに「天下の三兵法家」と言われており、うちのふたりが信州の地で相対したのである。

「天下に武勇の轟《とどろ》く島殿にお会いできるとは光栄にござる」

「それはこちらが申すべき言葉にござる」

双方ともお互いが格別の存在なのである。

「島殿、沼田城代の猪俣を打ち負かすことなど朝飯前じゃが、後ろに大北条軍が控えておるゆえ、猪俣が繰り返す名胡桃城に対する干渉にも耐え忍んでおるところにござる。何かいい手立てはござらぬか」

「それならば某《それがし》に妙案がござる。主《あるじ》三成が得た情報によりますと、関白殿下は西国平定ののち、関東の北条を征討なさるお考えにござる。実は、そのための大義名分を探されておられるところにござる。ゆえに次に猪俣が兵を繰り出したときには、遠慮のう戦われよ。『北条が惣無事令に背いて真田殿を攻撃している』と関白殿下にお伝えすれば、関白は北条に大軍を差し向けられましょう」

左近からの報告を受けた三成は、北条による「惣無事令」に対する重大違反を秀吉に伝えた。

秀吉は小田原攻めの恰好の口実を得た。

天正十七年（一五八九）十一月二十四日、秀吉は北条氏政・氏直父子に宣戦布告し小田原征討に踏み切った。

「先鋒をつとめなされませ」

と正信は家康に進言した。

「大殿はかつて北条殿と同盟を結んでおられましたし、ご息女は氏直殿に嫁《とつ》がせておられます。おそらく関白は大殿の忠誠度を試そうと石田殿らに見張りを命ぜられているに相違ございませぬ。ここはあらぬ疑いをかけられぬことこそ肝要かと」

家康が小田原攻めの行動を起こしたのは、天正十八年（一五九〇）二月七日である。本多忠勝、榊原康政、井伊直政の三将に先陣を命じ、駿府城を進発させた。

秀吉は三月一日、親衛の三万二千を率いて京を出発し、十九日に駿府城に入った。

そして休む間もなく小田原の支城である山中、韮山《にらやま》の両城に攻撃を開始し、小田原城に迫った。秀吉軍は総勢二十二万に膨れ上がり、北条軍五万六千と対峙した。

（小田原城は難攻不落《なんこうふらく》である）

北条父子は無論のこと、秀吉もそう思っていた。

永禄四年（一五六一）、「越後の竜」と恐れられた上杉謙信の猛攻や、同十二年の「甲斐の虎」と呼ばれた武田信玄の攻撃を、その堅塁《けんるい》によって防いだ小田原城は別格だと誰もが無意識に思っていたのである。

そこで、秀吉は「兵糧攻め」による長期戦を採用した。

その上で、まず北条が関東各地に築いた支城をすり潰すことにした。

（二）

三成が秀吉に呼ばれた。

「佐吉よ、才智の御事《おこと》に勝る者はなしとは誰しも認めるところであろう。さらに『石田治部少輔には武勇もあり』と示してやるのじゃ。さすれば虎之助（加藤清正）や市松（福島正則）らの腕自慢を誇る者どもも佐吉を重んじ、豊臣家が一つにまとまるであろう」

秀吉は一言一言を噛《か》んで含めるように言った。

「…………」

三成は秀吉の言わんとすることがよくわかるが、答えようがない。

（死の確率の高い兵士は当然に大将の戦歴を重んじる。上様は戦果を挙げるごとに「馬印」の千成瓢簞《せんなりびょうたん》をひとつずつ増やしていかれたし、徳川殿も小牧・長久手の戦歴を益としておる。上様は儂に戦歴という箔をつけさせようとなされておられるのじゃ）

秀吉としては、常に豊臣家を第一に考えてくれる三成に武勲を立てさせ、大将の資質を備えさせるこそ豊臣家安泰につながると考えている。

「佐吉を総大将とする。関東の軍勢を引き連れて小田原を発して、まずは上州館林《たてばやし》城《じょう》を攻め落とせ。館林城を陥落させたならば、次は武州忍城《おしじょう》をすり潰せ。紀之介（大谷刑部少輔吉継）と新三郎（長束大蔵大輔正家）も佐吉の指示に従え」

三成の運命は秀吉のこの命令でその後が決定づけられてゆく。そして忍城も戦国合戦史上、稀有《けう》な運命を辿った城として記憶されてゆく。

三成らの軍勢二万が館林城を攻囲したのは天正十八年（一五九〇）五月二十二日のことである。

城主の北条氏規《うじのり》（氏政の弟）は小田原城防衛のために伊豆韮山《にらやま》城に籠っており、城代の南条因幡守《いなばのかみ》が百姓まで含めた六千の軍勢で籠城していた。大軍に包囲された因幡守は、三成軍の使者として入城した大谷吉継が和戦を問うたところ、あっさりと降伏し開城した。

「刑部よ、人とはこんなものなのか。何ゆえ命を張って戦を仕掛けぬのだ」

三成は攻城軍の主将にあるまじき心情を独り言《ひとりごと》ちた。

吉継は、三成の横顔に目を向けた。

細めで端正な顔である。頭が前後に長い。

「勝利者のみが抱ける甘美な感傷じゃな」

吉継は、三成の言葉を美意識の発露として受け止めたが、その心中とはまったく逆の言葉で三成を諫《いさ》めた。

（忍城の者どもも、こうなのだろうか。銭を積んで褒《ほ》めれば尻尾を振り、拳《こぶし》を上げて脅せば尻尾を垂れる。人間とはそんなに他愛《たあい》のないものなのか）

三成は次に攻める忍城の絵地図を見ながら、なおも感傷の中にいる。

忍城へ向けての行軍中、三成はまず降伏勧告の使者をたてた。

（館林城が落ちた今、忍城内は意気消沈しておろう。ここは高圧的な交渉により敵方の反応をみるべきであろう）

しかし、忍城城代にして総大将の成田長親《ながちか》は、大軍を背景にして降伏勧告のために忍城に入った居丈高《いたけだか》な長束正家の口上に、無表情に応じた。

「戦いまする」

人の上に立つ者ならば決して口にしてはならない言葉を長親は発した。百姓はおろか、忍領全体を地獄に叩き込む一言を決然と言い放ったのである。

「武ある者が武なき者を足蹴《あしげ》にし、才ある者が才なき者の鼻面《はなづら》をいいように引き回す。これが人の世か。それが世の習いと申すなら、この儂《わし》は許さん」

長親が特殊なのではない。武強《ぶきょう》に最上の価値を置く戦国の武将たちにとって、侮《ぶ》辱《じょく》や嘲笑《ちょうしょう》を受けることは恥であり堪え忍ぶことはできない。むしろ自らの命を顧《かえり》みることなく圧倒的な敵に対することこそを良しとし、己の価値を後世に示そうとした。

長親に呼応するかのごとく、

「皆、城代に従おうぞ」

と激しく滾《たぎ》るがごとき気分の中で、筆頭家老の正木丹波守利英《まさきたんばのかみとしひで》が叫んだ。

「こうでなければならぬ。忍城には義が残っておる」

大軍を前にしても北条に義を貫く姿を前にして、

「見事な奴だ」

三成はまだ見ぬ長親をそう評した。


忍城近くに古墳群がある。

後世ワカタケル大王（雄略天皇）の名を記した金錯銘鉄剣《きんさくめいてっけん》（国宝）が出土した稲荷山《いなりやま》古墳はじめ大型古墳だけでも前方後円墳八基と円墳一基、その他陪臣の古墳を併せれば三十六基からなる大型古墳群である。その中の円墳とは丸墓山古墳であるが、国内で一番大きい円墳であり、また当地の古墳群の中でも最も盛土量が多い。

攻城軍はその丸墓山に本陣を置いた。石田家の旗印「大一大万大吉」の文字が秩父方面から吹きかける風に靡《なび》いている。

三成はひとりそこに登ると秀吉からの指示を思い浮かべた。

そこに小姓に呼びにやらせていた大谷吉継が現れた。大谷吉継、幼名紀之介、賤ヶ岳の戦いで三成らとともに「先懸衆《さきがけしゅう》」として「七本槍」に匹敵する大手柄を立て、「三振の太刀」と称賛された仲である。

「佐吉、何の用じゃ」

三成と吉継は二人きりになれば、「佐吉」「紀之介」で呼び合う仲である。

「おお、紀之介か。ままっ、こちらへきて忍城を眺めてみよ」

本丸はじめ城の主要な建物は独立した島のようであり、大湿原の中心に浮かんでいるかのようである。

（浮城《うきしろ》か）

吉継は思わず呟《つぶや》いた。

「紀之介よ、実は儂《わし》は小田原を進発する折に、上様から指示されていることがあるのじゃ」

「………」

「お主《ぬし》も上様の馬廻りとして参陣した備中高松城攻撃のときと同じように、忍城も水攻めにせよ、とな」

戦略・戦術ともに一家言《いっかげん》を有する吉継である。

「佐吉よ、お主のことだからわかっているとは思うが、ここの地形は備中高松城と全く違うぞ。かの地は山と川に囲まれ、大雨ともなれば水浸しになることが容易に想像できたが、忍城周辺は平坦で起伏に乏しく、しかも本丸部分は小高い地に築かれており、水攻めにしても『浮城』になるだけじゃ。水攻めで落とすことなぞ出来ぬぞ」

　三成も首を縦に振った。

「ここに立った瞬間《とき》、儂もそう思うた。そうでなくとも水攻めにした場合、僅か一里弱（約三キロ）の堤を築けばよかった備中高松城の場合と異なり、ここでは実に七里（約二十八キロ）にも及ぶ堤を造らねばならぬ。人夫の調達その他の費用も莫大となろうし、堤完成後の破壊工作防御も難しかろう。忍城内に放っておった間諜《かんちょう》からの報告によれば城内では将兵の離反の動きもみられるというではないか。力攻めすれば容易く落とせようが……」

　秀吉の指示と現実の局面との間で悩む三成を見て吉継が言った。

「それでは、儂から上様に文《ふみ》を認《したた》めて、『水攻めは避けるべし』とご進講いたそうか」

「紀之介、上様は〝水攻め〟という派手な演出により、小田原に集まっている諸将に豊臣の権勢を見せつけて、一挙に天下一統を成し遂げられるおつもりなのじゃ。〝水攻め〟には『敵方の城を一つ落とす』という以上の大きな目的があるのじゃろう」

　吉継も黙って頷いた。

「水攻めにする」

　意を決した三成は全軍に触れを出した。

ちょうど一帯には、農民たちの知恵で洪水を防ぐための堤が一里あまり造られている。

（この堤を補強しよう）

と、三成は決めた。

備中高松城水攻めの際に感動した秀吉の言葉が三成の脳裏に蘇《よみがえ》った。

「地域の百姓はそこの支配者を必ずしも慕ってはいない。たとえ他国から侵略者がやってきても扱いさえ公平で正しければ必ず靡《なび》く……」

その通りであった。三成は公言通り足かけ五日で人工堤を完成させた。

全長七里あまりの本格的な堤を六月七日に着工し、六月十一日に竣工したのである。

この堤は後世石田堤と名付けられる。

三成は、堤の上に立つと、凛とした張りのある声で命じた。

「決壊させせよ」

利根川と荒川に仕掛けられた大量の火薬に点火されると同時に大爆発が起こり、耳を劈《つんざ》く地響きとともに土手が跡形もなく吹っ飛んだ。ふたつの川の水は一挙に流れを変えて、忍城めがけて怒涛《どとう》のごとく押し迫った。

「逃げろ……！」

地鳴りのような轟音《ごうおん》とともに、押し寄せる濁流《だくりゅう》に背中を押されるかのように忍城方の城兵や百姓は皆本丸に駆け上がった。

（さあどう出る、忍《しのぶ》の城の強者《つわもの》どもよ）

三成は人工堤の上に屹立《きつりつ》し、棋聖が次の一手を読むかのように、浮城となった忍城をじっと見つめた。

忍城方は工事妨害工作の一手として、人夫に扮装した兵士が築堤工事に加わり手抜き工事を行った。ために夜に入り、堤が一カ所から決壊した。するとたちまちに水が引いてしまった。水攻め策は失敗に帰したのである。予想していた敵方の動きとはいえ、総力を結集して完成させた堤が余りにあっけなく決壊したのには、さすがの三成も動揺を隠せなかった。

その後、秀吉が派遣した真田昌幸らの六千の援軍が自軍に合流すると、三成は力攻めに転じた。東の長野口と北東の北谷口から大谷吉継以下、東南の佐間口から長束正家以下、南の下忍口と南西の大宮口からは三成自身以下が一斉に総攻撃を仕掛けたが、忍城を取り巻く深田のためにいずれの城門にも同時に兵を寄せることができず、逆に城内からの鉄砲や槍の餌食《えじき》になるばかりであった。こうして戦況は膠着《こうちゃく》状態に陥った。

一方、秀吉軍に長期包囲されている小田原城の北条氏は、精神的団結において内部崩壊を見せ始めていた。

「決戦か臣従か」「出撃か籠城か」について討議が続けられ、のちに「小田原評定」と呼ばれる会議に時間を空費していたのである。まさに時勢を展望できずに「小田原はいつも去年の暦を使っている」状態であった。

この間に秀吉は、対《つい》の城として石垣山に城を造ることにし、突貫工事により僅《わず》か三カ月で完成させた。そして、城を覆っていた巨木群が一斉に切り落とされた。

「何じゃ！　あの巨大な城は……、いつの間に……」

小田原城内に驚きとも恐怖とも知れぬ奇声が起こった。なにせ、目の前に突然巨大な城『石垣山一夜城』が姿を現したのである。

「もはや敵《かな》うまい」

城内の戦意はみるみる薄れていった。

天正十八年（一五九〇）七月五日、ついに小田原城は開城した。

そこで秀吉は三成を援護すべく忍城主成田氏長に対し、

「降伏するよう長親を説得せよ」

と命じた。

氏長も承知し、すぐに使者を派遣し、長親に城を明け渡すよう説得した。

ここに忍城は小田原本城開城の十一日後の七月十六日に開城した。

忍城受け取りの軍使として寄せ手の総大将である三成自らが赴いた。

三成は痛快このうえない気分であった。成田家家臣団に向かって大声で口上した。

「この忍城攻め、当方にははなはだ迷惑ながら、坂東武者の武辺を物語るものとして、百年の後も語り継がれるであろう。よき戦でござった」

三成は敵の有り様に痛く感激した。

一方、味方諸将が持つ「三成の武勇」への評価は一段と落ちた。

「武功もないくせに小才だけ利くことよ。今回も関白殿下の故事にならって、生意気にも備中高松城水攻めの例に倣《なら》おうとしたのであろうが、またもや失敗しおった」

特に、清正や正則などの武闘派の諸将は嘲《あざけ》り笑った。

ここで注目すべきは、大谷吉継・長束正家・佐竹義宣、そして途中から馳せ参じた真田昌幸といった忍城攻めに参加した武将は、これより十年後の関ヶ原では西軍に与《くみ》していることである。秀吉からの「無理難題」に整斉と努力しながらも、いっさいの言い訳をしない三成を「信頼に値する人物」と身近で行動を共にした武将たちは感じたのではなかろうか。

（三）

三成の関心は、北条征討後に移った。

「ともかく上方に近い東海の地から徳川殿は出て行ってもらわねばなりませぬ」

「儂《わし》もそう思うとった。佐吉よ、御事《おこと》が尾張を治めぬか」

突然の秀吉の提案に三成は返す言葉を失った。

「…………」

「まあよいわ、その件は改めて話そうほどに……」


小田原城包囲を続けていたときに、家康が石垣山城に秀吉を陣中見舞いに訪れたことがあった。

「この先に、小田原城内を一望できる場所がござるのでご案内仕《つかまつ》ろう」

と、秀吉は家康を誘った。

秀吉は崖の上に立つと、いきなり袴《はかま》の裾《すそ》をまくり放尿した。

「さ……大納言殿も」

家康も袴の前をまくった。

二筋の細い滝が崖下を目指して流れたかと思うと、折からの風に煽《あお》られて霧となり消えた。

「遠からず北条は小田原城を当方に引き渡すことになり申そう。その後において大納言殿ならば関東経営の拠点をいずこに置かれるかな」

「……………」

家康は秀吉が何を言いたいのか瞬時に分かったので無用の返答は避けた。

「『大領域を治める城下は海港を持つべし』ですぞ。儂なら、小田原は信頼できる家臣に任せ、自らはここから二十里ばかり先の『江戸』と申すところに本拠を構えるでござろう。大納言殿もそうなされよ」

こうして、連れ小便の場で家康の関東転封が決まった。

それからしばらくして北条氏直は降伏し、ここに北条早雲以来の後北条氏は五代百年にして滅亡した。

七月十八日、小田原城に入った秀吉は、論功行賞を行った。

家康は先鋒での働きを認められ、「戦功第一」のものとされ、伊豆、相模、武蔵、上総、下総、上野、下野の一部に及ぶ北条の旧領を、そっくり与えられた。これに賄料としてもらっている近江、伊勢の約十万石を加えると、所領総計は二百四十万二千石に上った。

その代わり、旧領の駿河、遠江、三河、甲斐、信濃の五カ国は召し上げられた。

三成の策は成功したかに思われた。

（四）

三河武士は土着性が強い。肥沃《ひよく》な東海や甲信の土地を奪われ、

「未開の地である関東に追いやられた」

と口々に呟《つぶや》いた。

その中に、

（これからが楽しみだ）

と思う武将が二人いた。家康と正信主従である。

「大殿、いよいよでござりますな」

相模湾が小田原城に南風を投げかける。

「関東は広うござります」

家康には正信が言おうとしていることが読めた。

東海や甲信は肥沃ではあるが、何といっても舞台が小さい。それに引き換え、関東は地平線に山を見ないほどの広大な沃野《よくや》が広がっている。膨大な生産力が期待できる。

源平の昔より、「関八州は、よく天下に対す」と言われ、源頼朝はじめ勢いを得た武将は関東を足場に京の権勢に対抗した。

「兵力の再編も可能になりましょう」

と、正信は続けた。

徳川家臣団は精強で団結力が強いが、その中核である三河武士団は土着性と党派性という欠点も併せ持つ。大規模で整然とした軍隊と官僚組織の充実を一挙に図るには絶好の機会といえよう。

拠点は秀吉の提案通り江戸に置いた。

正信は、城の持つ役割を見抜いていた。小田原や鎌倉は直接外海に面しているため、波も高く大きな港は造りづらい。

その点、江戸は江戸湾の奥に位置し、港としても適している。加えて、関東平野という広大な後背地《こうはいち》を抱えているので、政治や経済の中心地になりうる、と考えていた。

大名の国替えというのは、実に慌《あわ》ただしい。

家康の場合は、秀吉から天正十八年（一五九〇）七月十三日に転封を申し渡されて、八月一日つまり八朔《はっさく》の吉日に早くも「江戸御入国」をなした。その旧領に新しい領主が決定したのは八月十五日である。

江戸開府

(一)

「江戸」という地名の由来は、「江門《えと》」による。「江」とは広い意味では江戸湾、狭義では日比谷あたりまで入り込んでいた入江を指し、その江の門、つまり「入り口」という意味で、江門＝江戸となったという説が有力である。

江戸城に入った正信は驚いた。というより、呆《あき》れてしまった。

とても城と呼べるような代物《しろもの》ではない。外回りは、石垣を築いたところなどは一カ所もなく、みな芝土居であり樹木や竹が生い繁っていた。秀吉の小田原攻めの頃は、この江戸城には北条方の城代として遠山氏の軍勢が置かれていたが、その家臣団の住居もひどく、屋根は剝《は》がれ、雨漏りがし、畳や敷物も腐り果てて使いものにならない。いずれの建物の玄関口も板敷ではなく土間であり、まことにみすぼらしい限りであった。

正信は家康に進言した。

「これは予想以上に荒れ果てた城にござりまするな。他国の使者なども訪ねてきますゆえに、せめて玄関まわりだけでもご普請《ふしん》なされたらいかがにござりまするか」

「弥八郎らしくもないことを申すものよ。城の見映えよりも先にやるべきことが山ほどあろうに……」

家康はそう言ってから、かすかに笑った。

正信は、はっとした。家康の参謀として、城普請などで体裁《ていさい》を繕《つくろ》うよりは、転封にともなう新領地の検地、それに基づく貢租の決定、家臣たちの配置や知行割りなど、急がねばならぬことが山ほどある。正信はその日から、これらの作業に没頭した。

なお、正信はこの折に相模国甘縄《あまなわ》一万石を与えられた。

（二）

三成は、家康を東海の地から追い払った安堵感とともに、獣を関東という広野に放ってしまったという危惧も感じていた。

（獣が猛獣にならねばよいが……）

申の刻（午後四時）の寒気は厳しさを増しており、どうやら雪の香りのする底冷えに変わりつつある。

「上様、粉雪にござります」

庭先に植えた白梅が身震いした。

「徳川殿を上手く関東に追い払われましたこと祝着至極に存じ上げまする。かの地は北条殿が民に厚く接していた様子にて、領民には北条氏を慕う気持ちが強いと聞き及びまする」

　秀吉が三成に応じた。

「そこに家康が乗り込めば、領民の反感を買い一揆が勃発せぬとも限らぬ。そうなれば家康に責任を取らせる形で改易にするもよし、二百五十万石余を七十万石程度に減封させるもよし……」

　池が薄く光った。どうやら氷を張ろうとしているらしい。

「その折は、惣無事令を適用して徳川家を断絶させ、将来の禍根を取り除く好機にござります」

　三成は在地土豪の反抗による関東の騒乱をむしろ期待した。

（その後、豊臣軍が「天皇の命」を受けて出征すれば争乱を収めるのは容易《たやす》かろう。関東を直轄地にできれば、中央集権体制の確立が現実のものとなる）

　と夢見た。


　一方、正信は直轄地の設定、家臣への知行割り、検地などを着々と進め、ことに北条氏の遺臣である土豪に対しては、甲州で武田氏の遺臣に対したのと同様、その旧来の身分を認めつつ、あるいは直領の代官とし、あるいは譜代衆の下に組み入れていった。

徳川家の領国は約二百四十万石、そのうち直轄領は百万石余である。直轄領は代官を置いて支配させたが、その代官には主として武田・今川・北条の旧臣を用いたのである。

関東に移ったことによって、正信はまったく新しい構想で領国の支配体制を築いてゆくことが可能になった。秀吉への屈服を、むしろ利益に変えていったのである。

正信は世阿弥の言葉を思い浮かべていた。

（『時節感当《じせつかんとう》』、徳川が自ら選んだ「とき」ではなく、豊臣の指定した「とき」に乗ったからこそかくも順当に進んだのであろう）

豊臣に与えられた新領国関東の経営に成功したことは、その所領が広大であっただけに、その政権下における徳川家康の地位をはなはだ重いものとする基盤になった。

第五章　唐入《からい》り

集権派と分権派

（一）

三成には、外様における徳川家康のごとく政権内部においても取り除くべき数名の対象者がいた。

千利休《せんのりきゅう》もその一人である。

秀吉は「源頼朝以来の治」を成し遂げ、大坂城竣工を祝い近江坂本で茶会を催すに際し、宗易《そうえき》を茶堂《さどう》に迎えることを宣言した。宗易は大坂城と並んで秀吉における「精神と物質の富の象徴」ともなっていた。権力の飾りのためにも、堺の豪商たちとの関係からも、宗易を離せなかったのである。

（大坂城を磨くがごとく、宗易も磨かねばならぬ）

秀吉はおりしも関白拝任のお礼をかねて天正十三年（一五八五）、禁中小御所に正親町《おおぎまち》天皇を迎えて茶会を開くことにした。もとより茶堂を務めるのは宗易であり、これを機会に宗易に対して「利休」の居士号《こじごう》を賜ることになった。

禁中茶会に無位の俗人であっては列することができないのでとった一日だけの仮の名であったが、宗易は「名誉なことである」として茶人としての名を高めるのにこの居士号を利用した。

利休とは、「名利共休《めいりともにきゅうす》」であり、名誉も利益も共に超克《ちょうこく》することを意味するわび茶の一つの理想を示す。


その利休が集権派の三成にとって目障りな存在になってきている。豊臣政権内の集権派と分権派の争いのなかで、利休が分権派の片棒を担ぐ局面がたびたび見られたのである。

北条討伐やそれに続く奥羽討伐は三成ら集権派の勝利であった。しかし、その後において豊臣政権の惣無事令《そうぶじれい》を蔑《ないがし》ろにして会津の蘆名義広《あしなよしひろ》を攻撃した有力大名の伊達政宗を改易しようとした集権派の目論見《もくろみ》は、政宗が上洛するかたちで許すとした宥和《ゆうわ》路線により脆《もろ》くも外《はず》れた。この取り成しに動いたのが、徳川家康であり、豊臣秀長であり、そこに連なったのが利休であった。

一方、国内一統を成し遂げた後の秀吉にとっては茶堂としての利休の飾りも必要ではなくなり、九州平定後はむしろ博多への関心が強まり、堺衆の代表としての利休の意味合いも薄れた。

天正十九年（一五九一）正月二十二日、人望高かりし豊臣秀長が没した。

「公儀のことは秀長、内々のことは利休が存ずる」

と言われた二人のうちの一つが欠けた。

この段階であらかじめ用意されていたふたつの罪科が一挙に問題化した。ひとつは大徳寺山門木像事件である。大徳寺内の金毛閣《きんもうかく》を建てた利休は、その楼上に雪駄履きの利休の木像を安置した。その下を秀吉が通る……。木像は一条戻橋で磔《はりつけ》にかけられ、多数の見物人が前代未聞のことと噂《うわさ》した。もうひとつは茶器鑑定不正事件であるが、いずれも背景には三成らの集権派による利休排除の動きがあった。

利休自身も、草庵の茶の思想が黄金茶室に象徴される秀吉の権力主義の茶と衝突し、絶望的になっていた。二月十三日になり突如堺追放を命ぜられた。大政所や北政所から命乞いをするから秀吉に謝罪するよう強く勧められたが、利休は頑《かたく》なに辞して、二月十八日、ついに切腹した。

利休は秀吉の前で頭を下げることを拒絶して怨霊となり茶道の道に殉じたのである。そして、平安前期において藤原氏に讒訴《ざんそ》された菅原道真が学問の神になったごとく、茶道の神となり後世の茶道繁栄の礎を築いた。

（二）

同じ動きは、集権派が文禄四年（一五九五）二月、蒲生氏郷の死去にともなうその子鶴千代（秀隆）への相続における知行目録の不正を摘発し、会津領七十三万石から二万石への大幅減封が決まったときにも起きた。

三成らの集権派は豊臣政権の盤石化を最大の政治目標としており、その目指す政策の実現のためには独立大名の存在はむしろ阻害要因であり、特に大大名は改易《かいえき》せねばならぬ対象と捉《とら》えていた。利休の件といい、伊達氏や蒲生氏の件といい、そこには秀吉の命を忠実に執行する立場に過ぎなかった三成の、あえて秀吉の「泥かぶり役」を厭《いと》わない生き様が見えてくる。

一方、家康は諸大名が秀吉から不興を受けたとき、正信の策を取り入れながら、彼らのためにしばしば取り成しに動き、その結果たびたび処分を覆《くつがえ》した。

家康が豊臣政権下でこういう役割を演じたのは、必ずしも彼がこの頃から豊臣氏にとって代わろうという野望を持ち、多くの大名を手懐《てなず》けようとしていたからだとはいえない。

豊臣政権のなかには、諸大名の独立性を奪って、中央政府の専制化を図ろうとする動きと、これに対し中央政権には服従するが、なおそれぞれの独立性を保とうとする動きとが対立していた。そのために誰かが家康的な立ち回りをする必要があったのである。

もし、蘆名《あしな》氏を攻撃した伊達政宗の惣無事令違反や蒲生氏の知行目録不正摘発において、三成らの主張が通っていたならば、おそらく伊達・蒲生をはじめとした有力大名がつぎつぎと取り潰され、残った大名たちも豊臣政権の一挙手一投足を、戦々《せんせん》恐々《きょうきょう》として窺《うかが》わなければならなくなったであろう。すなわち秀吉を戴《いただ》く集権派による中央政権の専制政治が施行されたであろう。

正信と策略を練りつつ家康が諸大名と秀吉との間の斡旋者《あっせんしゃ》として行動したのは、その親切心からでもなく、またすでに将来への野望を持っていたからでもない。三成らの進めてゆこうとしている豊臣政権の専制化に対し、その究極の被害者であるべき家康が、筆頭大老という特殊な地位を利用し、自己の独立性を保持するために行った抵抗であったのである。

ついでに、次の時代の徳川政権にも文吏派と武断派の対立はあった。そして結果において徳川幕府は専制的中央集権となった。つまり三成らの意図は豊臣政権では実現しなかったが、彼らを破滅させた徳川政権において実現したといえる。

豊臣政権下における三成らの集権派が「鳴かせてみせよう」と強行したのに対し、徳川における正信らの動きが「鳴くまで待とう」であり、対立が先鋭化しなかったことが要因の一つにあげられよう。秀吉が生きている間は、その大きな人格によって統一は保たれたが、その死とともに分裂は避けられなかったのである。

唐入《から》り（朝鮮出兵）

（一）

「佐吉よ、儂《わし》は敵を攻め滅ぼさずに旧領を安堵《あんど》することで講和を結び、結果として早期に天下を統一するに至った」

三成は、賤ヶ岳の戦い以降の秀吉の策略を傍らで見てきており、その天才ぶりに余人の追随を許さない切れを感じていた。人たらしの名人といわれる所以《ゆえん》もよくわかる。

「孫子に言う『百戦百勝は善の善なるものに非ず、戦わずして人の兵を屈するは善の善なるものなり』のごときでござりまするなあ。某《それがし》もお側で見ており、『言うは易し、行うは難し』といえる策略をいとも簡単にやってのけられる上様の凄さにただただ感激しておりました」

「儂も戦国を生き延びた大名としていえることは、戦いに勝つにしても疲れてしまうたら虎視眈々《こしたんたん》と狙うほかの大名に攻められるゆえに、戦いは短期決戦に限り、勝利の見込みがなければ行ってはならぬということじゃ。ゆえに、儂も敵にその旧領を安堵して降伏《こうふく》させたこと自体は誤りだとは思うてはおらぬが……」

（だから、家康との「小牧・長久手の戦い」においても時間をかければ勝てたが、疲れてしまえば西国大名どもがいかなる動きをするか計り知れぬ。ゆえに和議としてやったのじゃ）

と続けようとしたが、胸の奥にしまった。

「何かお気に召されぬことでもおありにござりまするか」

「一連の戦いで大いに奮戦してくれたわが家臣どもに分け与える領地が少なすぎるのだ。儂《わし》は争いを収束するに際して敵に領土を安堵《あんど》させてきたので、倍増したわが兵力を養うすべをいかにせん、と頭を抱えておるのじゃ」

「上様は、武力ではなく交渉で敵を下してこられたからこそ、かくも早く天下を平らげ、戦いのない世を築かれたのでござります。これからは豊臣中央政権確立に向けて大大名を改易や減封に処していけば、上様に真に忠義を尽くす家臣に多くの領地を分け与えることができ、豊臣政権がそれだけ安定していくことに繋がると思われまする」

（二）

三成は今一つ気掛かりなことがあった。と同時に、ひょっとすると秀吉の悩みを解消する手立てになりはしないかとも考えた。それは秀吉に謁見するために大坂城を訪ねてきた在日イエズス会副管区長ガスパル・コエリョから聞いた、あることが頭をよぎったからである。

「上様は今や天下人であらせられます。一大名ならば領国の経営に集中しておればよいのでござりましょうが、上様はこの日本《ひのもと》全体に責任を負われる御身なれば、諸外国の侵略から我が国を守らねばならぬ立場におわします。某《それがし》がポルトガルの宣教師に聞いたところによりますと、イスパニア（スペイン）が明国との交易を活発化している一方、宣教師も多数同国に送り込んでいる由にござります。これはかの国の常策にて、ついには『明国の乗っ取り』を計画しておると申しておりました」

無論コエリョは『明国の乗っ取り』とは言うはずもないが、三成の明晰な頭脳がそう読み取ったのである。

秀吉は相変わらず理解が早い。

「つまり、明国を支配したイスパニアの牙《きば》は、次には我が国に向けられるということじゃな」

「御意《ぎょい》！」

「そうなる前に、明国を平定すべしと申したいのじゃな。唐入《からい》りとな……」

三成は功罪《こうざい》双方を申し述べて秀吉に決断を委《ゆだ》ねる必要があると思った。

「上様が明国にまで平和をもたらされた英雄になられるか、あるいは侵略を試みた大罪人になられるか、いずれにしても覚悟をお決めいただかねばなりませぬ」

「………」

これほどの大事に、さすがの秀吉も即答はできない。

三成は続けた。

「上様が先ほど仰せになったお悩みの領地のことでございますするが、言葉を換えれば度重なる戦で倍増させた兵どもに対し、泰平の世になったあともその職を分け与えることができるや否やということにござりましょう」

三成はガスパル・コエリョから聞いた話を披露《ひろう》した。

「ポルトガルの宣教師が申しますには、他国進出の例は世界には多数あるとのことにございます。蒙古大帝国を築き上げたチンギス・ハーンの例が最もわかりやすいかもしれませぬ。唐王朝を滅ぼしたチンギス・ハーンは中国から中央アジア、アラビアに至るユーラシア大陸のほとんどを大帝国の支配下に置き、戦《いくさ》のない世をつくりだしました。モンゴル民族による一族支配にございます。ヨーロッパにはアレクサンダー大王という者の例があるそうにございます。マケドニアから発してアラビア、アフリカに至る大帝国を築き上げ平和をもたらした由にございます。いずれも後世《こうせい》において大英雄と仰ぎ見られました」

（三）

三成は功の部分を言い終えた。次は罪の部分である。

「平和をもたらす前には、大虐殺《だいぎゃくさつ》が行われました。ひとつの民族がこの世から消えた例もあるそうにござります。『従う者は残し刃向かう者は抹殺した』、ということにござります。ただひとつ確かに言えることは、地続きの国においては、国内を治めたものは必ずや他国に攻め入るというのが『歴史の習い』であるとも申しておりました」

秀吉は、三成の博学ぶりに改めて感じ入った。

「佐吉よ、お許は知らぬ間に随分とものを見る目が広くなったものよのう……」

「上様のご見識が壮大なるがゆえに、某《それがし》も少しずつ先回りをしないと、お役に立てませぬ。ゆえに必死なのでござります。おかげさまでいろいろと学ばせていただいておりまする」

秀吉は目を瞑《つぶ》った。どれほどの時間が経《た》ったろう。傍らの蠟燭《ろうそく》がじっじっと小さな音を出して灯影《とうえい》が揺れた。

「さすれば、長引いた戦乱で膨《ふく》れあがった兵どもに新たな職を与えられるのじゃな。それにしても果てしない道のりじゃぞ。明国を平定し、次に天竺《てんじく》、というか……。とても儂《わし》の代では間に合わぬぞ」

「専制的中央集権制と対《つい》で進めねばなりませぬ。特に、諸外国を相手にするときは国内に一糸の乱れも許されませぬ。国内外に派遣された奉行が豊臣政権の意向に沿った治政を行えば、政権は盤石となり幾代にもわたって繁栄いたしましょう」

秀吉は昨年、鶴松を病で亡くしており、失意の底にあった。

「また子作りに励まねばならぬの」

「何にもまして、豊臣家繁栄のためにはそれが一番にござります。豊臣の世をおつくりあそばした要因の一つに上様の健脚ぶりがござりました。中国大返しに見られまするように、軍の移動の速さは足軽が馬にどれだけついていけるかによりまするが、上様が足軽時代に培われた健脚ぶりを大兵力に応用されたからなせた技《わざ》にほかなりませぬ。同様に閨房《けいぼう》の戦いも上様の体力が何よりも肝心にござります」

「ハッハッハー……。老《ふ》けてはおれぬの……」

またもや秀吉の明るさがその場の重苦しい雰囲気を吹き飛ばした。

三成は秀吉の気分転換を確認すると、刺すような目つきで言上した。

「勝てば英雄、負ければ大罪人になるということにござります。唐への道を『英雄の道』となさねばなりませぬ。上様に英雄になっていただくべく、この佐吉は準備を万端《ばん》《たん》に執り行う所存にござります」

「国内に敵なしの今なれば可能であろう」

と、秀吉は己の判断に現実を加味した。

「御意《ぎょい》にござりまする。ただし、明国に直接攻め入るためには大型帆船が必要となりまする。在日イエズス会副管区長ガスパル・コエリョと外航用の大型帆船の調達交渉を行っておりましたが、肝心のイスパニアの無敵艦隊《アルマダ》がエゲレス（イギリス）海軍に敗北した由にて、交渉は頓挫《とんざ》しておりまする。帆船にて直接に明国に渡れない以上、唐入りのためには高麗を通り抜けるしか手立てはござりますまい。船舶や人員の手配、武器輸送等忙しくなりまするが、一切合切《いっさいがっさい》をこの佐吉めにお任せくださりませ」

「うむ、任せたぞ。儂も出陣するでの」

「承知つかまつりました」

㈣

秀吉は天下一統が進捗するにつれて、天下の範囲を次第に膨張させ、ついには日本の天下と三国（本朝・唐・天竺）の天下とを結びつけるに至った。こうして統一者は極めて容易に侵略者に転化していくのだといえないこともない。

天正十五年（一五八七）、九州を平定すると、秀吉はただちに朝鮮の高麗王朝に使節を送り、明への案内役「征明嚮導《せいみんきょうどう》」を命じた。「肯《が》ざれば討つ」という脅迫外交である。

高麗王李昖《りえん》の返答は「否」であった。

ついに秀吉は文禄元年（一五九二）正月五日、「唐入り」のため諸将に出陣を命じた。

三成は舟奉行の筆頭として、短い準備期間にもかかわらず次々と仕事を片付けていった。名護屋城の築造の手配、渡鮮する大名の渡海業務、人員や武器弾薬の調達などである。

天正十九年（一五九一）十二月二十七日、秀吉は関白職を秀次に譲り、太閤として「唐入り」に専念することになった。

三成は出征軍の構成を練るにあたり、ここを「時の運」として活用すべしと秀吉に策を献じた。

「上様、豊臣家筆頭家老の徳川殿を総司令官として現地での指揮にあたらせましょうぞ。まさに一石二鳥の効果が期待できまする」

庭先に舞い降りる雪が、そのまま景色に溶け込もうとしている。

「ひとつには、短期間に朝鮮の地を突破して明国に攻め込むには、全軍を束ねる力量ある人物が必要にござります。徳川殿の戦歴は皆が知るところであり、総司令官になっていただければ士気はいやがおうにも高まりましょう」

牡丹雪に交じって寒椿の花がポタリと一輪地上に落ちた。

「さらにいまひとつは、徳川殿が渡鮮すれば莫大な負担が圧《の》しかかるは必定《ひつじょう》にて、二百四十万石の力を削ぐことができまする。今の配置のままでは、豊臣恩顧の大名のみに負荷がかかり過ぎ、結果として徳川殿の力を引き立てる恐れありと申せましょう」

「…………」

秀吉は一呼吸置いた。

「佐吉よ、軍事的に見れば御事《おこと》の言うとおりかもしれぬな。確かに虎之助（清正）や市松（正則）はじめ猛者《もさ》ぞろいの大軍をよく指揮するのは、家康よりほかにはあるまいな。ほかに考え得るとすれば、利家か官兵衛あたりじゃろ。兵の道を知り、国を治むべき者ならでは、朝鮮の民を帰服させるのは難しかろう」

北風が、松の葉に積もりかけた雪を払った。

「じゃが、政治的に見れば不可能じゃ。大いなる者をやれば戦地で外征軍を掌握し、人望を得、名声を得、それがために凱旋後国内の政体を変えてしまうやもしれぬ」

家康は残った。領地替えを強行した秀吉が家康に遠慮した一面もあろう。

余談ではあるが、後世このことが朝鮮との国交回復を徳川幕府が担える背景となった。

渡鮮軍は、全九番、都合十五万八千余の大軍である。

一番は小西行長・宗義智ら合わせて一万八千七百、二番は加藤清正・鍋島直茂ら合わせて二万二千八百、三番は黒田長政・大友義統《よしむね》ら一万一千、四番は島津義弘ら一万四千、五番は福島正則・蜂須賀家政・長曾我部《ちょうそかべ》元親《もとちか》ら二万五千、六番は小早川隆景・同秀包《ひでかね》ら一万五千、七番は毛利輝元三万、八番は宇喜多秀家一万、九番は羽柴秀勝・細川忠興ら一万一千五百であり、この序列をもって渡海し、それ以外の徳川家康・前田利家・上杉景勝・伊達政宗らはその兵力十余万とともに名護屋に在陣した。渡海作戦に重要な役割を果たす水軍は、九鬼嘉隆《くきよしたか》・藤堂高虎《とうどうたかとら》・脇坂安治《やすはる》・加藤嘉明《よしあき》ら合わせて九千二百をもって組織された。

朝鮮では小西行長が中路を、加藤清正は東路をとって漢城に進撃し、黒田長政・大友義統らの兵は合して西路より進み、連戦連勝の快進撃を続けた。小西・加藤の両隊が忠州《ちゅうしゅう》で相会し、五月一日漢口を渡ると、高麗国王は漢城を捨てて平壌に逃れた。そして小西隊が、その平壌を制圧した。

この一連の戦いにおいて、種子島銃（鉄砲）が威力を発揮し、火器において質量ともに相手を圧倒したのである。

気をよくした秀吉は、六月に入ると「御渡海」を試みようとしたが、家康・利家に諫止された。この頃になると李舜臣《りしゅんしん》率いる朝鮮水軍に連戦連敗となり制海権を掌握されてしまっていたのである。

一方、高麗から再三の支援要請を受けた明国は祖承訓《そしょうくん》を派遣した。承訓は義州を経て南下し、七月十七日に平壌を襲った。ことここに至って戦局は膠着《こうちゃく》状態となった。

渡鮮軍においては、小西行長はもともと堺町人であり貿易再開を期待してひたすら和平交渉に打ち込んだのに対して、加藤清正は七本槍時代そのままに南朝鮮四道の割譲のための戦いに明け暮れていた。

一方、戦勝の報告が次々と各武将から送られてくる割には、いっこうに高麗が降伏《こうふく》してこないことに焦《あせ》りを感じた秀吉は、三成、増田長盛、そして大谷吉継の三名を監督奉行として派遣し、軍略の評にもあたらせた。

三成は几帳面な性格である。

高麗・朝鮮史をよく調べ上げていた。

近江出身の三成は京都生まれで和泉国堺の商人の子として育った小西行長とは気が合う。三成が提言した。

「全羅道《ぜんらどう》の人々を味方にせぬ手はないのではないか。百済《くだら》滅亡以来、全羅道の人々は朝鮮を支配してきた慶尚道《けいしょうどう》の人々から約一千年の間にわたって差別されてきたというではないか。日本は百済から仏教が伝来したように、全羅道との馴染みが深い。敬意をもって振る舞えば、圧政に耐えてきた民の協力を得られるのではないか」

しかし、黒田長政・大友義統《よしむね》ら西路を通った部隊にその知識はない。逆に、大虐殺を行った。また戦果の証として敵兵の鼻を削ぐ方式がとられたため、戦果を過大に見せるために多くの民衆が犠牲になった。圧政から解放されるかもしれないという全羅道の人々の期待は裏切られ民意は離れていった。

三成は中央集権体制下での強力な政策遂行を理想に掲げており、現地でも豊臣系の諸大名を厳しく検断した。

黒田官兵衛孝高《よしたか》（如水《じょすい》）が軍監として内地から派遣されてきたときには、名立たる軍師と軍議をしておかねばと思い、官兵衛を陣所に訪ねた。

（三成ごとき文吏が軍議などとは片腹痛い）

官兵衛はそのとき、浅野長政を相手に碁を打っていたので、三成を待たせた。

長政も三成嫌いである。長政は夫人が秀吉夫人お寧の妹であり、かつ秀吉自身婚姻の際には浅野家への入婿のかたちをとったこともあり、主君親戚筋として五奉行制度設立時は筆頭奉行として羽振りがよかった。しかし今では十四歳年下の三成の才智に押されっ放しであり、秀吉の信任を奪われたことを口惜しく感じている。

「官兵衛殿、三成ごときは、捨て置きなされ。あやつに戦《いくさ》のことなどわかりはせぬわ」

と嗾《けしか》けた。

誇り高き三成は、官兵衛の無礼を怒り、席を蹴《け》って帰ってしまった。宿所に戻るとすぐに筆をとり、報告書を書いた。

「黒田官兵衛は、軍議にも応ぜず、職務怠慢であり、太閤のご命令にも背いております」

このため官兵衛は秀吉の怒りを買い、目通りも許されないまま豊前中津城に謹慎扱いとなった。

（三成めは太閤の寵《ちょう》を頼んで、われらのことを讒言《ざんげん》しておるというではないか）

との噂が諸将の間で広まった。

加藤清正も被害を受けていた。第一次遠征時の漢城攻略に際して、小西行長と一番争いを演じていた折、戦功を一番に報告して感状を授与されたが、

「実は小西隊に後れをとっていた」

との三成の報告により面目を失った。それればかりか、己の功名心から小西部隊が迷惑しているとの具体例を数多《あまた》報告された。

怒った秀吉により清正は朝鮮から呼びつけられて罪を糾《ただ》された。

こうした三成の異常なまでの正義心によって多くの前線部隊長が被害を受けた。

このため、加藤清正、黒田官兵衛・長政父子、小早川秀秋ら、三成からもたらされる報告のために秀吉から叱責《しっせき》を受けた武将が三成憎しで団結し、自然発生的に反三成党とでもいうべきものが出来上がっていった。対立の火種は次第に炎として燃え上がらんばかりの情勢となってきた。

この三奉行や渡鮮大名たちとの意見の相違が、文吏派と武断派の対立を生じさせ、結局は関ヶ原の戦いにおいて、これら武断派の豊臣系大名たちがすべて徳川方に味方する遠因となっていくのである。


三成は現地の情勢を冷静に分析した。

（長引けば渡鮮軍は疲労困憊《ひろうこんぱい》する。対明国のみならず対徳川でもまずい）

との思いが強くなる一方、反撃の度を強める敵軍を見ていると、

（朝鮮民族の自国に対する忠誠心は義である）

との思いがつのり、現地民が民族の誇りで戦いを挑む姿を見るにつけ、心情的に行長の講和策を後押ししていった。

もともと近江人の気質を持つ三成は、

（やはり異国とは不戦和議を講じて交易を広めるのが富国の道であろう。「三方よし」の精神は明国や高麗国との間でも成り立つものであろう）

との考えに至っていた。

講和締結準備のために一足先に帰国した三成は、秀吉による明の冊封《さくほう》正使楊方亨《ようほうこう》および副使沈惟敬《しんいけい》引見の準備を進めていた。

かくして慶長元年（一五九六）九月一日、大坂城において明使引見が行われ、秀吉

は金印・冠服などを贈られた。ここにおいて三成は講和の成功を信じた。

翌二日には秀吉が冊封使をもてなす宴を開いた。家康や利家などの重鎮が居並ぶなか、宴たけなわに至り、秀吉は側近の外交僧西笑承兌《さいしょうじょうたい》に明皇帝の誥命《こくめい》の国書を読ませた。

ところが、この文中の「茲《ここ》に特に爾《なんじ》を封じて日本国王となす」との箇所に至り、秀吉は激怒し、講和は決裂してしまった。

ここまでが「文禄の役」であり、これからが「慶長の役」である。

「文禄」と「慶長」では戦争の目的が全く異なる。「文禄」は「唐入り」つまり「明征服」が目的であるが、「慶長」は「二枚舌の朝鮮」との誤解に基づいて秀吉がとった報復戦の性格をおびる。

慶長元年（一五九六）九月二日、秀吉は和約が破裂した即夜再征の命を下した。

三成は、翌年の一月に始まった「慶長の役」においては渡鮮せずに伏見城に残った。

明使引見の場で誅殺されかかった行長は承兌の助言で死を免れたので、軍功によって罪を償おうと勇んだ。清正もまたこれと先を争った。二月二十日には秀吉は出征諸将の部署を定め、ほぼ「文禄の役」に準じた配置をとり、総数十四万余を戦闘につかせた。

再征軍は、当初は善戦するも寒冷や飢饉が加わり活動も次第に停滞した。そこで秀吉は、慶長四年（一五九九）に大軍を再派遣し大攻勢を仕掛ける予定であったが、その年の八月十八日に死去し、その死は秘匿されたまま十月十五日に五大老による帰国命令が出されることになる。

太閤秀吉の「唐入り」は、当初の明征服には全く手が届かず、最終的には朝鮮侵略というかたちで終わってゆくことになる。

余談ではあるが、諸将は引き揚げにあたっては才能や技術のある者を多数連れ帰った。製陶技術や活字印刷術の導入という点において、この戦争の日本における「文化的」影響は極めて大きかったといえる。

製陶技術では、鍋島藩の有田焼、松浦藩の三河内焼・波佐見焼、島津藩の薩摩焼などに残る。

百万石大名

（一）

秀吉は名護屋城に茶々を伴っていた。茶々は浅井長政と信長の妹お市の方との間に生まれた姫で、さすがにお市の美貌《びぼう》を引き継ぎ華やいでいた。文禄元年（一五九二）の渡鮮軍出兵後の翌年、その茶々が懐妊した。秀吉は、茶々のために淀城を拵《こしら》え、嫡子の誕生に備えた。これ以降茶々は淀殿と呼ばれる。文禄二年（一五九三）八月に待望の男の子が誕生した。五十八歳にして生まれた男子に秀吉は踊らんばかりに喜びを表し、「お拾《ひろい》」と命名した。のちの秀頼である。

後継者ができると、秀吉は改めて三成の言葉が脳裏に浮かんだ。

「豊臣中央政権確立に向けて大大名を改易や減封に処していけば、上様に本当に忠義を尽くす家臣に多くの領地を分け与えることができ、豊臣政権が永代までも続く……」

秀頼の安泰が秀吉の目的になり、豊臣家に忠義を尽くす三成がいよいよ頼もしく思えてくるのである。

三成は、名護屋城に戻ったばかりの秀吉から天守閣に呼ばれた。

玄界灘に荒波をもたらす北風が激しく顔を叩く。鷗《かもめ》が三羽空中から獲物《えもの》を狙っている。

（飛魚《アゴ》の群れでも見つけたのであろう）

と、三成は思った。

「佐吉か、まあこちらへ来い」

三成は秀吉に手招きされた。

「御事《おこと》のことじゃ。すでに多くの家来を召し抱えたであろうな」

秀吉は、三成の才覚ならば水口《みなくち》四万石の石高でいったいどれくらいの家来を召し抱えたのか興味津々《きょうみしんしん》であった。

「ひとりにござります」

「何と……」

秀吉は怪訝《けげん》な顔でその一人の名を聞いた。

「筒井《つつい》家牢人《ろうにん》の島左近《さこん》殿にござります」

「島左近といえば、当代一流の名士として知れ渡っておる。御事のような小身《しょうしん》大名に仕えるはずはあるまいて」

左近は、かつて大和の筒井順慶《じゅんけい》の侍大将として「合戦と謀略の天才」と言われた男で、秀吉も山崎合戦の折、順慶の使者として陣中にやってきたのを覚えている。

ついでに筒井順慶は二つの逸話を世に残した。「洞ケ峠《ほらがとうげ》を決め込む」とは日和見順慶と呼ばれ卑怯者の代表のように貶《おと》しめられた事象であり、「元の木阿弥《もくあみ》」とは主君の死を隠すために替え玉役を担った木阿弥がその公表とともにお役御免となったという噺《はなし》である。

「その左近殿が近江の犬上川のほとり高宮郷に隠棲《いんせい》していると聞きおよび、その庵《いおり》を訪ねたのでございます」

左近は、体中に傷があり、その一つ一つに戦場の阿鼻《あび》叫喚《きょうかん》の閲歴が埋められている。

(「儂《わし》を召し抱えたいとは世間知らずの若造めが……。大名になった嬉しさに舞い上がったか」とまでは、左近は言わなかったであろう)

と、秀吉は想像した。

「かの御仁は、『世間のことは倦《う》み申した。静かに余生を過ごしとうござる』と申されて、なかなか首を縦に振ってくれませなんだ」

(明日どうなるか、わからない戦国の世に生まれ育った左近に先が読める生活など退屈極まりないのであろう。刺激がないくらいなら隠棲を選ぶはずじゃ)

秀吉はついに膝を乗り出した。ますます興味津々といった様子である。

「某《それがし》もかつて賤《しず》ヶ岳の戦いにて七本槍の方々に次ぐ手柄を立てたと思うてはおりますが、やはり某の本分は政策を実行することにござります。さすれば左近殿の軍事的才能を得ることで自分の欠点を補うべきであろうと考えたのでござります」

「で……、何が決め手で左近は御事についたのじゃ」

「左近殿を説得する手立てがないゆえ、左近殿に自分を認めてもらおうとしたのでござります。上様から頂戴いたしました水口四万石のうち、一万五千石を差し出しました」

「それでは、御事《おこと》が他に家来を雇ったならば、石高が主従逆転するではないか。アッハッハッ……、いやはや面白いのう、アッハッハッ……」

秀吉は声を立てて笑った。三成の奇才が自分の若い頃を見ているようで愛《いと》おしく感じるのである。

（小成《しょうせい》に甘んじさせるべき男ではない）

三成は文禄四年（一五九五）に秀吉から佐和山十九万四千石を与えられた。

（二）

伏見城で政務に多忙を極めていた三成は秀吉から大坂城に呼ばれた。明との講和交渉が決裂して二カ月が経過しており、庭先の銀杏の木もすっかり黄金色に染まっている。淀川を下り、天満橋まで辿り着いた三成は、目を細めて天守閣を仰いだ。夕暮れに映える大坂城を鑑賞するというより、自分の前途の眩《まぶ》しさを密かに楽しんでいる風情である。

「三成に過ぎたるものが二つあり、島の左近と佐和山の城」

　秀吉はもうひとつ三成の面白さを確認してみたくなった。明との交渉で沈んだ気分を晴らしたかったのであろう。

「佐吉が建てている佐和山城のことであるが、外見は金の御紋や八重の堀に囲まれ、その巨大さとあわせて見事な出来栄えだと聞き及ぶが……」

　秀吉は、近江の天に傲然とそびえる佐和山の巨城と安土城とを重ね合わせた。

「恐れ入りまする」

「島左近といい、佐和山城といい、小身大名にしては分が過ぎぬか」

　三成は平然と言ってのけた。

「いずれも、豊臣家を守り抜くためにござります。はなはだ恐縮ながら、秀頼様は未だ幼き御身ゆえ、上様の身に何かが起これば天下は乱れましょう。そのときに備えて、佐和山城は……」

　湖水に裾《すそ》を浸しつつ、悠然《ゆうぜん》と湖東の天に向かって聳《そび》える佐和山城の姿を目に浮かべながら続けた。

「戦闘仕掛けになっておりまする。無用《むよう》の装飾の類は一切施《ほどこ》しておりませぬ。城内の壁は全て仕上げ壁を塗らず、土色が剝き出しとなっておりまする。壮麗さを排除し、あくまで実戦を念頭に置いて造営しておりまする」

「それでか、庭の木々の類もすべて竹林としたのも、すべて戦闘仕掛けというわけだな」

「左様にございます」

「佐吉は何から何まで徹底しておることよ、アッハッハ」

秀吉は三成の実直過ぎる性格に面白味と多少の不安を感じた。


「佐吉よ」

と呼びかける秀吉の声から底抜けの明るさが消え、子を想う親の気持ちが味付けされた。

「小田原の北条を滅ぼし、奥州から津軽までをも制覇《せいは》した。南の薩摩から北の津軽まで、文字通り全国制覇を果たしたのじゃ。内憂を払い、今こうして唐入りに粉骨しておる」

「なんとしても上様には英雄になっていただきとうございます」

（上様は、唐入りへの関心が薄れられてきたのではあるまいか）

と、三成は感じた。

「御事《おこと》にどうしても受諾してもらわねばならぬ儀がある」

「…………」

「はっきり申そう。御事に百万石の大名になってもらいたいのじゃ。ちょうど切腹したばかりの秀次の尾張を御事に預けようと思うておる。佐和山と合わせれば、五十万石近くにはなろう。残りの五十万石もすぐに用意できようほどに……」

「有り難きお言葉なれど、某《それがし》は秀次様の切腹に関わった身の上なれば、そのようなことをなされますと世間が黙ってはおりますまい。『三成の奴が尾張欲しさに関白秀次様を罪に陥れた』と言いふらすに違いありませぬ」


三成が予想に反して受諾せぬため、秀吉は話の向きを変えた。

「佐吉よ、秀頼に危害を及ぼすとすれば誰だと思うか」

「それははっきりしておりまする。徳川殿以外に考えられませぬ」

「家康は関東の地に閉じ込めた。かの地をうまく治めるにしても少なくとも十年は要しよう。とすれば、その頃には家康は還暦を迎えておるわ。足腰が覚束ないどころか生死のほども定かではあるまいて」

（やはり関東平定のために徳川軍を渡鮮軍から外されたのは誤りではなかったか。豊臣系大名のみを疲弊させれば、その存在を際立たせるだけではないか……）

三成は、かねて秀吉が家康に対してだけは過大な配慮をすることが不満である。

「徳川殿はあの戦国最強と言われた武田信玄公の軍勢と三方ヶ原で合戦に及ばれた強《つわ》

者《もの》にございます。加えて、本多殿の指南により、謀略も磨かれておられます。天下が目の前にちらつけば己の老いにさえ立ち向かわれることでございましょう。努々《ゆめゆめ》ご油断なされぬよう……」

「ハッハッハッ！　年齢にも打ち勝つとな。面白いことを言うものよ。それではまるで蟒蛇《うわばみ》ではないか」

（三）

「ただひとつ言えることがある。儂《わし》と家康のいずれが先に死ぬか、が勝敗を決するということじゃ。儂のほうが長生きすれば、家康なき後の徳川家を二百五十万石から七十万石にも五十万石にもいかようにも減封できよう。じゃが反対に、家康が儂より長生きした場合は、秀頼の生殺与奪の権を奴が握ることになるやもしれぬ」

声は穏やかだったが、秀吉の言葉は秋霜の厳しさを含んでいた。

「用心に越したことはござりませぬ」

三成は不安げな声で答えた。

「わかっておるわ。家康を京坂の地に攻め込ませぬ手立ては相応に打っておる。仮にじゃ、徳川軍が上洛しようとする場合、箱根を越えれば駿府に中村一氏《かずうじ》の軍勢が待ち構えており、それを突破しても、掛川には山内一豊《かずとよ》、岡崎には田中吉政《よしまさ》、万一それらを突破した場合も尾張には猛将福島正則が控えておる。さらに念には念を入れておいた。関東の背後会津には蒲生氏郷《がもううじさと》を配した。先だってその氏郷が死んでしもうたので、上杉景勝を越後から転封させようと思うておる。どうじゃな……家康もこれでは動こうにも動けまいて……」

「さすが上様、戦略が全国規模でござりますな」

「家康への軍略的な配置はただの一点を除いては完璧《かんぺき》だと思うておる。その一点とは豊臣軍には儂亡きあと諸大名を束ねることができる大将が見当たらないことじゃ。戦略・知略に優れた大大名がいないのじゃ。なるほど、御事《おこと》の戦略・知略は優れていると儂も認める。しかし、御事は加増後も十九万石の大名に過ぎぬ。大身の大名といえば、徳川家康、毛利輝元と前田利家がそうであろうが、忠義者の利家は儂と同じ歳であり余命幾許《いくばく》もあるまい。輝元はかつて豊臣軍と刃を交えた間柄じゃ。あてにはならぬ」

（才気の己に異ならぬ者は佐吉だけじゃ。大大名となり、儂がお館様に仕えた如く秀頼の補佐を頼む）

と、秀吉は心で叫んだ。

三成には秀吉の気持ちが手に取るようにわかる。

（いったん戦となれば、雌雄を決するのは大将の力量と身代だといえよう。石高が兵

力の秤《はかり》であるとすれば、家康の二百五十万石は大身の極みであり、これに対抗するには最低でも百万石は必要であろう）

「仰せごもっとも……」

「やはり大将自身が大身であることが必要じゃ。さもなければ諸将も不安が先に立ち、ついては来ぬであろう。儂《わし》の配下は、かつて信長様の家来であった者や儂が利を与えて引き連れてきた者どもにて、儂一代には尽くそうが、秀頼の代になればわかったものではない。利害でついたものは利害で離れるのもまた道理であろう」

三成は、秀吉が家康を羨《うらや》む姿をよく目にする。

「家康は違うぞ。奴の先祖は代々三河を統《す》べてきた豪族であり、家臣は譜代の者どもが多くを占めておる。利害ではなく義で動く家臣団じゃ。これは手強いぞ」

「何せ『海道一の弓取り』と呼ばれておられる」

「だから御事《おこと》に大身になってもらい、家康との身代上の差を詰めておきたいのじゃ。あとは御事の知略でいかようにもできよう。豊臣家第一の御事が大身の大名になってくれれば、儂も安心じゃて」

「有り難きお言葉、恐悦至極にござります」

秀吉は、何としてでも三成を百万石大名に仕立て上げたいと必死である。

「御事の報告にもあるように、小早川秀秋が高麗で抜け駆けの罪を犯した。奴を転封するゆえ、筑前・筑後・肥前の三十万石を貰ってはくれぬか」

「有り難き幸せなれど、今は時期が悪うございます。九州の知行を得たいため三成が讒言《ざんげん》して小早川様を失脚させたなどと言いふらされるのは必定にて、さような仕儀はお許しくださりませ。某《それがし》は佐和山にいるからこそいつでも大坂に駆けつけることができまする。上様にお仕えするには至便の地であり、今に満足いたしておりまする」

秀吉は肩を落とした。

「御事がそうまで言うならここまでにしよう。儂の気持ちを察してくれて、御事の覚悟ができたら何時何時《いつなんどき》でも申し出でよ。その日のうちに加増は思いのままじゃ」

「…………」

三成はただ頭《こうべ》を垂れるだけであった。

家康との天下分け目の合戦を思えば、秀吉の言うことは至極もっともなことである。大大名になれば、自然と周りがその存在を認めてくれて、今のようにことさら諸大名と競う必要もなく鷹揚《おうよう》としておればよいであろう。大大名の風格を自然と漂わせるためには早めの受諾がよいかもしれぬ。

（いずれはお受けせねばなるまい）

三成は拳《こぶし》を固く握りなおし、赤みを増した親指の爪を見つめて頷《うなず》いた。

第六章　巨木倒壊

秀吉の死

（一）

噂ほど恐ろしいものはない。

「すでに太閤殿下は伏見城内でお亡くなりあそばしておられるそうな」

秘めやかな噂が城下に流れ、大名の間でもこの噂を信じる者が出てきた。

「朝鮮出兵中のため敵国に漏れぬよう秘匿《ひとく》されておるそうな」

噂は現実味を帯びてゆく。なにせ、秀吉という巨木が倒れれば、そのあとに合戦が起こり、戦乱の世に戻ることを誰もが予想しているのである。

「太閤の死は単なる死ではすまされんぞ。それは歴史始まって以来の事変と言えよう」

譜代の大名を持たない豊臣家の悲劇……。しかも晩年に至って秀吉は、かつて朋輩《ほうばい》だった大名たちを苦しめ通してきた。その意味では、いちど飼い慣らした猛獣どもの檻《おり》をわざわざ壊しかけているに等しい。

そのために子飼いの者どもまでが、二派に分かれて争い出した。そうなると、伊達・上杉・毛利・島津といった猛獣たちが再び天下を窺《うかが》って暴れだすのは知れ切っている。

三成が厩《うまや》で馬の手入れをしている。

三成は文吏派と呼ばれることを好まない。それを嫌い、自分こそ百万の軍を叱咤《しった》しうる男でありたいと願っている。武骨を旨《むね》とし、武術の訓練も毎日欠かさないし愛馬の手入れも武士の嗜《たしな》みとして必ず自ら行う。

左近が長い顔に一本の筋のごとく通る馬の鼻先を右手で撫でながら言った。

「殿、昨晩丑の刻（午前二時）に暴れ馬が街中を駆け回った一件をご存じか。諸将は家康屋敷へ警護に向かい、秀頼様警護には誰も向かわなかった由にござります。これは豊臣家の将来にとって由々しきこと……。諸将は豊臣家に太閤一代で受けた利益でつながっておりますゆえ、太閤ご逝去となれば利害関係は消滅してしまいます。すなわち恩義の念は秀頼様には向かわぬということにござります」

豊臣政権成立のエネルギーは「利害」であり「正邪」ではなかった。そういうやり方でなければ乱世は治まらなかった。

秀吉は乱世を一手に治めて秩序付けたが、奥州の伊達、中国の毛利、四国の長曾我部、九州の島津にしても、

「反抗すれば滅ぼすが、降伏すれば知行は安堵する」

という方式で、道徳ではなくて利害で説いて降伏させていったのである。

「そうはさせぬぞ」

と、三成は唇《くちびる》を噛《か》んだ。

「儂《わし》は、常に正義か不正義かで判断してきた。利害で動いたことなぞ一度もない」

確かにそうであった。利害すなわち自家保存が最優先される世に、三成は異常な正義感をもって屹立《きつりつ》している。

(きらびやかな欠点であることよ)

左近は、諸大名から見れば欠点にしか見えぬであろう三成の性格を好ましくも思う。

(しかし、これでは人心収攬《じんしんしゅうらん》は難しかろう)

「秩序が道徳で成り立つのは、豊臣の世がさらに二代三代と続いたあとのことにござりましょう。今は太閤殿下が天下人となられてわずか十三年の歳月が過ぎたのみ……」

「左近、そこもとの言いたいことはわからぬでもない。これが儂の融通が利かぬ点かもしれぬが、こういう弾劾者《だんがいしゃ》がおらねば豊臣の天下が徳川にごっそり盗まれてしまうではないか」

（二）

正義の護持者はもう一人いる。家康である。

三成と異なるところは、正信の指南のもと徹頭徹尾、正義の演技者に徹していると
ころである。本音ではないだけに、その演技は凄まじいものであった。

「城下が騒がしいようじゃが」

秀吉は肉体が急激に衰えてきた分、もともと卓抜した直感力がとみに鋭くなってい
る。

「奉行を呼べ」

「いやさ、昨夜は暴れ馬が街中を疾走し大変な騒ぎとなりました。奉行として世を騒
がせたことに対して深くお詫び申し上げまする」

五奉行のひとり増田長盛は秀吉の病状に差し障りの出ぬよう安易な答えを用意した
が、秀吉の追求鋭く、とうとう本当のことを言上した。

「諸侯の喧嘩沙汰《けんかざた》もございました。もっとも荒武者揃いなれば仕方ない一面もござり
はいたしますが、近時互いに徒党を組んで啀《いが》み合う傾向が強うございます」

「仁右衛門（長盛）よ、昂《こう》じれば天下の騒乱になるではないか。儂が死ねば秀頼に害
が及ばぬとも限らぬ」

秀吉は秀頼のことしか脳裏に浮かばぬふうである。

「酒宴にしろ。明日、伏見に在番しておる諸侯を残らず殿中に集めて馳走せい。その席で、御事《おこと》から儂の心配事を皆に伝え、お互い仲よくして豊臣家を盛り上げていくよう申し伝えるのじゃ。よいな……」

石田家にも使者が訪れたが、あいにく三成は風邪を拗《こじ》らせており、代理人として左近が縁側に侍《はべ》ることになった。

(面白うなってきたぞ)

左近は惑溺《わくでき》した。

殿中に諸侯が集まり、たちまちに宴たけなわとなった。

(家康は来ぬのか。病状悪化で動けぬ利家様に遠慮したのであろうか)

と、左近は勝手に推測した。

宴が酣《たけなわ》になると、酒に酔った荒武者たちは、わめき散らし、怒号を発し、口論の末に胸ぐらを摑む者あり……と大変な騒ぎになった。

(聞きしにまさる荒くれぶりじゃな)

左近は豊臣政権が、秀吉ひとりの人格で成り立っている現実を見た気がした。

「何を申すか、うぬは……！　成敗してくれようぞ」

福島正則は、憎き三成がいないために、同じく奉行の増田長盛を怒鳴った。

「乱暴はおやめくだされ」

世話役の中村一氏《かずうじ》が抱き留めにかかる。

（やれやれどうなることやら）

左近は無表情に荒くれる座を眺めている。遠くに寺の鐘の音が聞こえた。

ちょうどその時、上座の襖《ふすま》があき、家康が入ってきた。正信が付き従っている。

家康は座敷に入るなり場を一喝した。

「おのおの、よくもこの家康を欺《あざむ》かれたな」

一座が静まった。

「先日、おのおのが大納言殿（利家）と某《それがし》に差し出された誓紙には、『喧嘩口論致すまじきこと』の一条がござったはず……。にもかかわらず、この仕儀はいかなることか。こうなれば、上様にどの面《つら》下げて会え申そうか。もう皆すべて家康の敵じゃ」

家康は床の間を背にして仁王立ちで座全体をなおも叱り続ける。

怒号しながらも家康の目には涙が溢《あふ》れている。どこから見ても豊臣家の将来を案じる赤誠《せきせい》が零《こぼ》れんばかりである。

この度肝を抜く家康の言動で一座はすっかり震え上がってしまった。

福島正則も顔面蒼白《がんめんそうはく》である。

「内府、某が悪うござった」

一座の者は皆、元の座に戻って平伏した。


(内府、恐るべし)

縁側に侍《はべ》る左近は目を見開いた。

(これほどの迫力で演技ができるのは天下に家康のほかはあるまい。澄まし顔で付き従っている本多正信も、なかなかの食わせ者じゃな)

左近は目を閉じた。

(豊臣家を思う気持ちの誠実さは三成様が比較にならぬほどに溢れているのだが……)

居並ぶ荒大名を震え上がらせた家康の威望は、評判が評判を呼びいやがうえにも飛躍的に高まった。

「愚かなるは豊臣家の諸侯どもなり。愚行を繰り返すたびに家康をのし上がらせるだけではないか」

一連の出来事を左近から聞いた三成は自分の同僚を憎んだ。

「豊臣家の敵は誰でもない、その豊臣系諸侯の愚《おろ》かさなり」

と歯ぎしりした。

まことに世への憤《いきどお》りの多い男である。

（三）

噂が真実になったのは慶長三年（一五九八）八月十八日であった。この賑やか好きの英雄の死は静かであった。

医官の曲直瀬《まなせ》法院が息をしなくなった秀吉の脈をはかった。丑の刻（午前二時）のことである。

三成はじめ五人の奉行が呼ばれた。

「太閤殿下……、ご臨終《りんじゅう》あそばされました」

三成が一世の風雲児の辞世の句を詠んだ。

「露と落ち　露と消えにし　わが身かな　難波《なにわ》のことも　夢のまた夢」

自分の生命が長くないことを悟っていた秀吉は、己の死の数日前に五大老・五奉行を枕辺に呼んで遺言を申し渡していた。次代への憲法ともなるべき重大な布告である。

遺言というかたちで命じられた秀吉亡きあとの豊臣政権は、徳川家康と前田利家の二大老による連立内閣という構想であった。

「家康は伏見において秀頼の代官として天下の政治を代行し、利家は大坂城において秀頼の養育をせよ」

と、秀吉は命じていた。

（それしかあるまい）

と、三成も思う。それには前提条件が付く。

（利家様に長生きしてもらわねば……）


「末期《まつご》のお水を」

と、三成は静かに言った。凛とした能吏の声である。

傍《かたわ》らの蠟燭《ろうそく》の炎が、三成の暗い表情を激しく揺らす。

「おのおのに申しあげる。かねて五奉行間で申し合わせの通り、太閤殿下ご逝去の儀は、いっさい口外してはなりませぬ。ここだけの者の胸に秘め、諸侯にも内密に願いたい」

外征軍への配慮からである。

秀吉の死が、もし敵国の明や高麗に知れれば、和睦や引き揚げも困難になり、前線の将士は窮地に立たされるであろう。

「ご遺骸《いがい》はどうするつもりじゃ。秘密裡といっても、ご遺骸だけは葬《ほうむ》らねばなるまい」

と、五奉行のひとり増田長盛が言った。

「手筈《てはず》は整えており申す。前田殿、ご支度はできておりまするか」

「ふむ、本丸脇に待たせておる」

前田玄以《げんい》は織田信長に招聘《しょうへい》された僧侶上がりの武将である。本能寺の変の折は、信長の嫡男信忠の嫡子三法師を抱えて難を逃れ、秀吉の時代になると京都所司代を務めて朝廷との交渉にあたり、その後、五奉行のひとりに加わっていた。

「されば、かねての打ち合わせ通り、御事《おこと》と高野山の木食上人《もくじきしょうにん》が背負いまいらせよ」

こうして遺骸は、京の阿弥陀ヶ峰《あみだがみね》まで運ばれ荼毘《だび》に付された。

行列はない。

太閤秀吉。享年六十二歳。

（これが、六十余州を従えた天下人の葬儀なるか）

三成は、降りしきる雨の中で今にも消えそうな線香から出る煙を凝然《ぎょうぜん》と眺めている。

（不幸なお人だ）

と思った。

乱世を一手に治め史上かつてない統一国家を作ったにもかかわらず、その遺児の将来は限りなく不安であり、自らの葬儀は匹夫《ひっぷ》のそれよりも寂しい。三成の頬《ほお》にとめどなく涙が零《こぼ》れた。

（すべて、家康がいるせいだ）

外征軍への配慮とはいうものの、三成の感情ではそう思わざるを得ない。

家康暗殺計画

（一）

利家にとって何よりも大きな打撃は秀吉の死であった。

（なるほどこれは尋常の人物ではない。天下人たりうる不思議な力を持っている）

信長のもとで、ともに暴れまわっていたころからの親友であった秀吉……やがてその秀吉を、利家は信仰じみた畏敬を抱いて見直すようになっていた。

ところが、その秀吉が死に直面すると、見るに耐えない哀れな凡夫に成り下がり、それがそのまま己の人生観に冷や水を浴びせられるほどの打撃になった。

「秀頼を頼む。秀頼を……」

秀吉は枕辺から視線も定まらぬまま繰り返し哀願しつつ逝《い》ってしまった。

（あれが人間というものの正体なのであろうか。儂もああなってしまうのか）

心根が生一本《きいっぽん》な性格だけに、秀吉の哀れな姿が脳裏から離れず、それが原因で心身ともに病みだしたかのようである。

（休んではおられぬ。太閤のご遺命を実行に移さねばならぬ）

「内府（家康）は伏見城で政務を、大納言（利家）は大坂城で秀頼の後見をせよ」との太閤の遺命に基づく〝移徙《わたまし》の儀〟という秀頼の大坂城移転は正月十日に決まった。


島左近は、庭木の手入れをしている三成の傍《かたわら》に跪《ひざまず》いた。

（松の手入れも見事なものじゃ。何をやらせても完成度の高いことよ）

左近は三成の多芸の一つに人心《じんしん》収攬《しゅうらん》術がないのを不思議に思う。

「殿、内府は昨年の暮れから、盛んに嫁取り婿取り話を進めておりまするぞ」

「儂《わし》も聞いておる」

と、三成は顔をしかめて言った。殿中でのもっぱらの噂なのである。

「まさか」

と、殿中の誰もが半信半疑である。いかに家康とてそこまで無法なことはすまいと思っていた。

「私婚を禁ず」

とは、豊臣政権における最も重要な法律なのである。

「諸大名縁組の儀
御意を得

その上にて申し定むべき事」

というのがその条文である。文禄四年（一五九五）発布のときに当の家康も署名していた。

にもかかわらず、家康は自ら事もなげにそれを破った。無論、正信と謀《たばか》っての上である。

まず、奥州に覇を唱える伊達政宗の娘を六男忠輝の嫁に、ついで福島正則の世継正《まさ》之《ゆき》に甥の松平康政の娘を養女にして嫁がせ、蜂須賀家の世継至鎮《よししげ》にも一族の娘を養女にして嫁がせた。福島や蜂須賀はいずれも豊臣恩顧の大名であり、譜代中の譜代である。それを家康は見事に姻戚《いんせき》として抱き込んだ。

「許せぬ。太閤の本葬も済まぬうちに、白昼堂々御遺法を破られては、奉行たる儂の職責が務まらぬではないか。大老・中老衆や奉行を説いて、内府を弾劾せねば……」

こうして三成の発議のもと、四大老・五奉行総意のもと問罪使《もんざいし》が伏見の家康のもとに派遣された。

使者に立ったのは、豊臣家中老の生駒親正《いこまちかまさ》（讃岐高松十七万余石）、中村一氏（駿河府中十七万余石）、堀尾吉晴《ほりおよしはる》（遠州浜松十二万石）、と相国寺の老僧西笑承兌《さいしょうじょうたい》である。

豊臣政権の高官は、ほとんど無学者で占められているため、亡き秀吉は早くから学識ある禅僧を身辺に置き、朝鮮・明国などとの外交文書の作成や判読のために使った。承兌もその一人であり、三成は三人の武将が無学であり筋だった議論ができないことを心配して口利き役としてつけたのである。

承兌は家康の前に進み出た。

「内府殿に申しあげまする。去年太閤殿下ご逝去このかた、御前様《おまえさま》の行い、いちいち不審でござる。わけても諸大名との縁組は……」

家康の威儀に怯《おび》えているのか、声が震えている。

三人の中老も顔が蒼ざめて、眼力も弱く、とても問罪使《もんざいし》と呼べるものではない。

承兌は口上のすべてを述べたあと、肝心な点を最後に言った。

「このご返答、分明ならざるにおいては十人衆の班列（五大老、五奉行）より除外いたすべし」

大老職を剝奪するというのである。

家康は、地響きするような声で一喝して、四人を睨んだ。

「何を仰せか」

四人の使者は怯《おび》えながら沈黙した。

「縁組の件は理解不足で手落ちがあったことは認めるにせよ、儂《わし》に秀頼公を輔《たす》けよと命ぜられしは亡き太閤殿下である。おのおのは私意にまかせて亡き殿下のご遺志に背こうとなされるのか」

四人は逃げ出さんばかりである。

「先ほどの話は大坂で命じられたままの口上でござりまする。われらは、何ゆえ内府殿がご遺法を無視して縁組を結ばれたのか、そのご事情を窺《うかが》い知れば、われらが役目もすむだけのことにござります」

「うかとご遺法を忘れたまでのことよ。近頃、とみに物忘れが激しくなってしもうての」

そこまで聞くと問罪使は早々に家康の屋敷をひきあげ、慌てて大坂に戻った。

さすがの利家もこの時ばかりは怒りを爆発させた。

「内府はぬけぬけとしたことを言うものだ」

三成は利家が怒ってくれたことが嬉しかった。

(家康を仮想敵として立つ場合、豊臣家の内部を纏め得る実力者は利家様ただお一人であろう)

三成は意を強くした。

事の次第によっては合戦に持ち込むことも辞さない覚悟で、大坂在番の諸将に利家の名で戦の準備を命じた。

このため、大坂・伏見の二都には兵馬が行き交い、今日にも開戦かという状態になった。

（二）

「大殿、三成めが見事に罠にかかりましたようで」

正信は冷静を装うときにつくる、じっと弾《はず》みを抑えた声で言った。

「うむ」

家康は一言ですませた。

「何ぶん、戦乱を起こさせねば天下が取れませぬゆえに……」

正信はここまで上手くゆくとは正直思っていなかった。

「私婚を行うことによって三成らを挑発し事態を戦乱に持ち込む、という我らが思惑通りに事が動いておりまする」

家康が応じた。

「三成をころがすのは面白いの」

顔まで笑っている。

正信が続けた。

「じっとしておられぬ性格なのでござりましょう」

家康は似た人物が脳裏に浮かんだ。

「亡き太閤殿下もそうであった。信長様から猿と呼ばれていたころより知恵が次々と湧き上がり、一時もじっとしておられなんだ。しかし、ここは一番じっと待たねばならぬときには山のように動かれなかったぞ。三成にはそれがない」

正信が話を一足飛びにした。

「誠に豊臣家を二つに割るには好都合な男でござりまするな」

「そうとも言えるな」

もう家康はあえて否定はしない。

「ただ、大納言様（利家）がいらっしゃります。今般の私婚のことでは痛く憤《いきどお》られたとか」

「故太閤殿下を慕っておられたゆえ、そのご遺法に背けば憤られるのはむしろ当然のこと。三成側に付くということでもあるまいとは思うが……」

正信から見ても、利家は武断派でも文吏派でもなく、尾張派でも近江派でも、また北政所派でも淀殿派でもなく、あえて言えば中間派といえる存在である。その分、いずれからも慕われており、戦乱を望む正信から見れば、厄介な存在でもある。

正信が言った。

「まずはご利用なされませ」

「何をじゃ」

「大坂方が兵馬の準備を始めたのであれば、江戸から大軍を呼ぶ口実としましょうぞ」

命を受けた榊原康政が軍勢を引き連れて江戸を発った。家康の声威がさらに増した。

正信は家康を通じて、さらに三成を刺激した。

このところ大坂と伏見の調停に尽力している堀尾吉晴《ほりおよしはる》に対して、越前府中六万石を加増するとの墨付《すみつき》を渡した。この土地は秀頼の直領《じきりょう》であるが、家康は私印でもって主家の土地を他人に割き与えたのである。

同様のことがほかにも続いた。

「なんということだ。まさに盗賊ではないか」

三成は怒りが収まらない。

利家も開戦やむなしの心境に至った。

「大納言の病状がよろしくないというではないか」

「お譲りなさりませ」

正信が耳朶《みみたぶ》を右手で揉みながら言った。最近できた意味ありげな言い回しをするときの癖である。

「大納言に何を譲れというんじゃ」

「詫《わ》びを入れるのでござります。なに、そう遠くないうちに反故《ほご》になりまする」

家康からの詫び状を受け取った利家は、いったん怒りの矛先を収めた。

しかし、得心したわけではない。

「詫び状を寄こしたとはいうものの、内府はなぜに秀頼様のもとに弁明に来ぬのじゃ……。されば儂《わし》が伏見に検分に行く」

病状芳しからざる利家の決心は鬼気《きき》迫るものであった。

秀頼の直領をわが物のように扱う家康の所業を「盗賊」と怨みつつも、秀頼のため争い事は避けねばならぬ、と己に言い聞かせ続けた。

こうして、利家は病身をおして伏見に出向いた。


(儂は死んだほうがいいのやもしれぬ。今、家康が儂を殺せば豊臣家の家臣は一致団結して家康を打倒しよう。豊臣が分裂せずにすもう。それはそれで秀頼君の安泰に繋がろう。死ぬために伏見に行く。太閤のご遺託にこたえるときは、今をおいてほかにない)

二月二十九日、大納言利家の一行は大坂から伏見へと淀川を船で向かった。川筋の水は三寒四温《さんかんしおん》に温《ぬる》み、岸辺では猫柳の芽が銀色に光っている。

利家は死を覚悟していた。相手の家康にすれば、天下を狙うには最大の邪魔者が利家である。どんな手立てを講じて、暗殺を計ってくるか知れたものではない。

（どうせ病で死ぬ身ならば、これこそ武士《もののふ》に相応しい死に場所ではないか）

だが予想に反して、家康は供の者一人のみを連れて小舟で淀まで迎えに出てきた。

徳川屋敷に着くと、家臣たちは長袴の正装で、大納言という公卿に対する待遇で迎えた。

多少の芝居臭さはあったが、この下へも置かぬ扱いぶりは利家にとっても決して気分の悪いものではなかった。

家康は、至れり尽くせりの料理を利家に勧めた。

「さあさあ、大納言殿、京から招いた料理人の手料理にござる。ご遠慮のう召し上がってくだされ」

こうして、腹の内はともかく、お互い和やかに談笑などして家康と利家の時が流れた。

（三）

三成は宙を眺めている。

（太閤殿下との思い出が脳裏を過《よ》ぎっているのであろう）

左近はさりげなく傍らに立って、鋭い口調を宙に投げかけた。

「殿、利家様が伏見からお戻りになられました。いよいよ家康が大坂に出てくる番にござりまするぞ」

「左近、何を考えおるのじゃ」

左近はあえて隠そうとはしない。

「家康暗殺を、でござります」

利家の伏見訪問からひと月経《た》った啓蟄《けいちつ》の頃、徳川・前田両家の調停のために奔走している堀尾吉晴が利家を見舞いに訪れた。巻雲《けんうん》が扇状に薄く空を覆っていた。

「内府様が三月十一日に大納言様の伏見訪問への答礼のため、大坂へ参られます」

その噂は瞬時にして三成屋敷にも届いた。

左近は身震いを覚えた。行列を襲うにも、宿所に忍び込むにも、一度限りの機会であろう。しくじりは許されない。


やがて、その日が訪れ、家康の一行が玉造にある前田家の屋敷に到着した。

家康一行には途中から十人ばかりの諸大名が、自主的に護衛と称してぞろぞろとついてきた。

「大納言殿のお加減はいかがにござりますかな」

「おかげさまにて、だいぶ快方に向かっております る。本来ならば主人利家が大広間にて皆様をお迎えいたすべきところ、何ぶん病身にてござりますれば、奥の間で内府様とご対面いただくということでよろしゅうござりまするか」

重臣のひとりが恐る恐る伺いを立てると家康は快諾した。

「きょうは大納言殿の病気見舞いに参ったのじゃ。さような気兼ねは無用にいたされよ」

利家の病状はかなり悪化しており、そのぶん、気弱くもなっていた。

「内府殿、儂《わし》の亡き後も、倅《せがれ》たちのことよろしゅうにな」

(太閤の最後と変わらぬな)

家康は人間の弱さを感ぜずにはいられない。

「大納言殿、さようなことは申されずに、また元気になられよ」

短い会見が終わって、家康は大広間に戻った。

前田家でも心を尽くした饗応の膳部を用意して、一行をもてなした。


その夜、家康は藤堂高虎の大坂上屋敷に泊まった。

「どうぞ、わが屋敷と思うてご自由に使うてくだされ」

高虎は豊臣家直々の大名であったが、今では同格の家康の手足となって動いている。

正信が高虎に問うた。

「お手前はいずこで……」

寝られるのか、と聞こうとする前に高虎が答えた。

「不逞《ふてい》の輩《やから》が襲ってこぬとも限らぬ。某《それがし》や家来どもは寝ずに屋敷の周りを見回っておるゆえ寝所は不要でござる」

「泉州殿（高虎）、上様はお手前のお心尽くしをたいそう喜んでおられます」

高虎は、その一言で大満足である。甲冑に身を固め、終夜篝火《かがりび》を焚いて警戒した。豊臣家の家康党の諸将もぞくぞくと藤堂屋敷を訪れ、警戒に当たった。その夜は深い霧が闇をさらに濃くした。


「儂は供回りとして平蔵一人を連れていただけじゃ」

三成は左近に問い詰められて弁解した。

左近は言う。

「人手によらぬ自然の働きには敵を油断させる効果がありまする。あれだけの深い霧を利用せぬ手はござりますまい。まして相手方は殿が小西屋敷を出て備前島屋敷に帰られたと思うております。この二点は天佑《てんゆう》といえます。それが戦機というものにござる」

三成も反省はしていた。

あの時、近くの三成党の屋敷に駆け込み、兵力を借りることもできたはずだ。

（亡き右大臣〈信長〉ならば……。亡き太閤殿下も、かかる場面ではそうなされたであろう）

と、三成は思う。

左近は興奮していた。

（大坂に家康がいる。今宵を逃せばこんな機会は二度とはこぬであろう）

「左近、藤堂屋敷に乗り込んで家康の首を取ってまいれ」

と、三成の口から投げかけてほしかった。

「わが屋敷や小西殿の大坂屋敷の人数を足してもたかだか五百ほどの兵である。これだけでは藤堂屋敷の門の中にも入れまいて……」

「今となればしかり。ゆえに某《それがし》一人でまいります。霧に忍び、鬼気として家康一人に挑めば、百にひとつは家康の寝所に入れましょう」

「家康は逃げる。それだけのことではないか。もう寝るぞ」

（なるほど殿は智謀の人である。霧を見かけて戦術のことに瞬時に応用できる武将はそうはいまい。しかし、勇気と決断力に欠ける。理屈で大事は成し遂げられぬ……）

左近は、寝床についた三成を背に座敷を出た。

藤堂屋敷襲撃は未遂に終わった。

家康は翌朝早く大坂を発った。

（四）

その日から二十日目、三成が覚悟を決めかねていた出来事が起こった。前田大納言利家が身罷《みまか》ったのである。慶長四年（一五九九）閏三月三日のことである。享年六十二歳であり、秀吉と同じ寿命であった。

利家は生前に遺書を妻のお松に書かせていた。

「わが死後、次男の利政はすぐ金沢に帰し、金沢に居住させよ。利長（長男）は大坂におれ。利政の人数の半分は常時金沢に、あとの半分は常時大坂に置け」

常識破りの大軍を大坂に置けと命じているのである。

「今より三年のうちに世の中に騒ぎが起こるであろう。秀頼様に謀反《むほん》つかまつる者が出れば、ただちに利政は国許《くにもと》の兵を率いて、大坂の利長と合流し、敵と戦え」

というものであった。家康を意識しての遺言といえる。

利家は、この遺言を書いてから十二日目に黄泉《よみ》に旅立った。

前田家の重臣徳山五兵衛が、利家逝去の報を家康に知らせるために、伏見に向かった。

「もはやおわさぬと……」

　正信は感慨深げに天井を見上げて、唇を震わせた。

「主家康も常々『大納言様には、さらに長生きしていただき、ともに手を携えて豊臣体制を盤石にしていかねばならぬ』と申しておりましたものを……」

　正信は徳山を家康のもとに案内した。

　そして家康の下座に座ると、

「ご遺言はござったのか」

　と、さりげなく聞いた。

　徳山は、利家の口述遺言書のことは言わずに、

「お松の方様のご介抱に安らぎあそばされながら、『豊臣家の行く末のみが気掛りである』と申されて静かにお息をお引き取りあそばしました」

　とのみ言上した。

「大納言殿なればこそじゃ。ご心中お察し申し上げる」

　徳山が見上げると、家康は目を真っ赤にして、大粒の涙を浮かべている。

（これも演技なのであろう）

　とは、徳山は思わない。

徳山が用向きを終えて座敷を出ていくと、家康は正信を奥に呼んだ。

「大納言がついに死んだか……」

「思うたより早うございりましたな。前田家からの使いのすぐあとで、藤堂屋敷からも使いの者が早駆けしてまいりましたので、某《それがし》が玄関口で応対しており申した」

「大納言は儂よりも四つ年長であった。儂もあと何年……」

家康は考え込んだふりをした。

「もう決心はつきましたか」

正信が問うた。

「なんのじゃ」

「前田家をどうするかということにございります。利家様亡きあとの今こそ、前田家を味方にできるか否かの瀬戸際にございりまするぞ。なんでも藤堂様のご家来の伝言によりますと、利家様は『徳川に謀反の動きがあれば戦え』と利長・利政さまにご遺言なされた由《よし》にございります」

「弥八郎、御事《おこと》は人の死さえも謀略の種とするのか。きょう一日だけは辛抱せい」

家康は、呆《あき》れ顔をしつつ、目尻に皺《しわ》を寄せてほくそ笑《え》んだ。

正信は翌日から動いた。
まず、沸々と湧き上がる策謀を一本の糸に筋立てた。
・利家様の死で重しの外れた豊臣家の七将（加藤清正、福島正則、黒田長政、浅野幸長、池田輝政、細川忠興、加藤嘉明）らが、三成を襲撃するであろう。
・大殿を天下人にするためには、豊臣を二分せねばならぬ。そのためには一方の将たる三成を是が非でも生かさねばならぬ。
・三成を守り抜き、機が熟するまで佐和山城あたりに隠居させるか……。
・一方、利家様亡きあとの前田家に謀反の罪を着せて、大殿に豊臣家の大老として加賀討伐に出陣していただく。
（大殿が大坂を留守にされれば三成が動くであろう。さすれば大乱となる）
ともかく〝乱〟が起こらなければ、家康が天下を取る機会は訪れないのである。
そして、事態は正信の思惑通りに展開し、三成は佐和山城に退隠した。〈↓序章参照〉

第七章　関ヶ原序曲

誘い水

（一）

前田利家すでに亡く、石田三成も佐和山城に退隠《たいいん》した今、家康の進路を遮《さえぎ》る者はいなくなった。

家康は向島屋敷を引き払い、伏見城に入った。三成の退隠から、わずか三日目のことである。

正信は、その夜、家康に賀を述べた。

「上様、思い通りの展開に導かれ祝着《しゅうちゃく》至極《しごく》に存じ上げ奉ります」

正信は、このときから家康に対する呼び名を「上様」に変えた。そして棋聖《きせい》が何手も先を読むように、天下取りへの詰将棋の局面に己《おのれ》をおいた。

「上様、伏見城にお入りあそばしましてより世間では上様を天下様と見はじめた感がございます。さらにもう一段の権威をおつけなさるにはいい頃合いにございます」

「…………」

「裁判にござります。豊臣家の家臣を上様が裁かれれば誰が天下人であるかが鮮明になるでござりましょう」

家康も自らを天下人と見る世間の空気をさらに濃くしておくことに異存はない。裁判となればこれほど効果的なものはないであろう。

「朝鮮の役での恩賞不公平問題を取り上げることにするかの。かねて清正らが訴え出ておりしことじゃてに」

「それがよろしいかと。太閤存命中は三成らが自在に振る舞うのを黙過《もっか》するしかござりませなんだが、そろそろ反撃してもよろしい時期かと……。朝鮮の役での不満分子を徳川党に巻き込むのでござります。慎重のうえにも慎重を期しましょうぞ」

正信は清正が訴訟を起こすべく手筈を整えた。裁判は、秀吉が朝鮮に派遣した四人の目付とその目付たちを総括していた三成の不正報告が争点となった。

判決は、四月十二日に伏見城で申し渡された。清正方の全面勝訴である。目付筆頭は減封に、ほかの三人は逼塞《ひっそく》を命じられた。いずれも三成党である。家康が筆頭大老の名において豊臣家の家臣を処罰したのである。家康の権威はいよいよ高まった。

正信は割り切っている。

（裁判は、勝たせたいほうに勝たせるための手続きに過ぎぬ。裁判は理非を正すこと

が必要だが、理非よりは政《まつりごと》に支障が生じぬように取り計らうことがより肝要である）

「上様、次の一手はいかがなされまするか」

「大坂城に移る。そのための策はそちに任せる」

「はっ！」

（面白うなってきた）

と正信はあわや発しそうになった笑い声を押し殺すために唇を噛《か》んだ。

（三成は、佐和山に押し込んだ。その他の大名も国許《くにもと》に帰そう）

家康は正信の進言に従って、五大老筆頭の権限で諸大名に帰国を命じた。大名たちは朝鮮出兵から帰還したあとも国許を留守にして大坂に出仕し、領国経営が疎《おろそ》かになっていただけにいずれも喜んで帰っていった。

五大老も家康を除き引き揚げた。上杉景勝は一年前の慶長三年（一五九八）正月の会津転封以来、新領国経営に専念する暇もなく、また前田利長は亡き利家に代わって加賀藩主となってまだ一度も領国入りをしていなかった。宇喜多秀家の家中はいわゆる〝宇喜多騒動〟で揺れており、毛利輝元も朝鮮出兵による藩の疲弊に対処する必要があった。

ひとり家康は、酒井・榊原・井伊・本多のいわゆる徳川四天王はじめ多数の忠実な武将による強力な軍団を形成し、また伊奈忠次・大久保長安などの有能な行政官・財務官を側近にかかえて、領国統治や財政基盤を根底から固めていた。

豊臣政権下において最大の領地を持つ家康が最も強力な軍隊と、最も豊かな行財政を築いたのであるから、中央政権における存在が群を抜いて大きくなった。

正信は、家康とともに悠々《ゆうゆう》と大坂に残り、天下の政治を独裁する布石を打ち始めた。

「上様、九月九日の重陽の節句に秀頼様に賀意を申し述べるべく大坂城に出向き、そのまま居座りましょうぞ」

あくまで秀頼を訪れるのは名目上であり、真の狙いはこれから大坂城で政務を取り仕切ることである。当然に兵力も整えねばならぬ。

「秀頼様の側近が、上様暗殺を企てているとの噂を藤堂殿あたりから流させましょう」

「暗殺計画への対抗手段のための警護と称して江戸から兵を呼び寄せるのじゃな。ただそれだけでは不十分じゃな。四大老のひとりでも担《かつ》ぎ出せぬか」

家康の考えが自分と寸分違わぬことに安堵すると、正信は自ら脳裏に描いていた策謀を筋立てて披露した。

「すでに手立ても用意してござりますれば……」

正信は、高虎を使って、

「秀頼様側近の大野治長《はるなが》と土方雄久《ひじかたかつひさ》が家康暗殺を企《たくら》んでおる。何やら黒幕がおるそうな」

　との噂を流させた。

　家康が大坂城に入ると、五奉行のひとり増田長盛が血相を変えて家康の控室を訪れた。

「内府、ここだけの話でございますが、内府暗殺計画を企む者があるように某《それがし》にも聞こえてまいりました。黒幕は前田利長様という噂です」


（何ゆえ世間はこうも我々の筋書き通りに動いてゆくのか）

　正信は謀略というものが面白くて仕方がない。

（世間の位置が下りてきたのであろうか）

　若い頃には「世間」は常に頭上にあり見上げねばならなかったが、年老いて地位も上がり、高を括って周囲を見渡すようになると、自分で動かせる位置まで「世間」が下りてきたように思える。

（それは自惚《うぬぼ》れであろう）

　との自戒も忘れない。

　家康の身辺警護という名目で、完全装備の徳川軍三千八百人が井伊直政、榊原康政らに率いられて大坂に入った。

「弥八郎、次の一手はいかにするか」

「『秀頼公に対し前田家に謀反の動きありと聞かれた上様が近く加賀征伐をなさる』、との噂を流しましょう」

この噂はたちまちに金沢に流れた。

利長の母、すなわち利家の妻「お松」、利家死後の「芳春院《ほうしゅんいん》」が素早く動いた。

利長には亡き利家のような家康に対抗する器量はないと見切っていた芳春院は、家康に従うのが前田家を保つ唯一の道であることを利長に説き、自らが人質となった。

もし、利長がここで家康に抵抗していたならば、いわゆる天下分け目の戦いは、関ヶ原の戦いよりも半年ほど早まったであろう。

「芳春院様を江戸に送りなさりませ。さすれば豊臣家と敵対したときにも前田家は徳川に逆らえませぬ」

正信の提言により、家康は芳春院を江戸に送った。

（二）

三成が上杉家の家老直江兼続《かねつぐ》と最初に出会ったのは、秀吉が日の出の勢いを見せていた天正十三年（一五八五）八月、越中の佐々成政《さっさなりまさ》を降伏させたあと、お忍びで越後・落水城（新潟県糸魚川市）を訪れ、上杉景勝と世にいう「落水の会」を行ったときである。秀吉には三成が、景勝には兼続がお伴を命ぜられ、四人だけで和平会談に臨んだ。

それより遡《さかのぼ》ること二年前、「賤ヶ岳《しずがたけ》の戦い」の直前に上杉景勝は秀吉とある盟約を結んでいた。秀吉軍が南方から柴田勝家軍を攻める際に、景勝軍は北から攻撃し挟み撃ちにする戦術であったが、景勝はちょうどそのとき家康に領国の信濃を脅かされたために出陣できなかった。

激怒した秀吉は、

「両家の友好関係を白紙に戻す」

と怒鳴り散らした。

三成の助言を受けた景勝がすぐに使者を送って弁明を行ったため、上杉家は間一髪で危機を免れた。

落水城は越中と国境を接する越後にあり、秀吉から見れば敵陣奥深くにある。

秀吉は相手の懐に事もなげに入った。大軍団の大将が一人で敵陣に乗り込む、しかも勝者でありながら相手に配慮する、かつて斯様《かよう》な大将がいたであろうか。これが秀吉一流の〝人たらし〟の極意なのであろう。

会談が終わったあと、三成と兼続が満天の星空に一際《ひときわ》光輝く北斗七星を眺めながら、お互いの主人の話題に昂《こう》じていた。

三成の主人自慢から始まった。

「直江殿、手前味噌ながら某《それがし》はわが主《あるじ》秀吉様こそ、信長様の後継として天下人となり得る器の御仁と見ておりまする」

「某は今日初めて秀吉様にお会いしたところでござるが、石田殿の言われることがなんとのうわかる気がし申す。勝利に奢《おご》らずにわが殿のお立場に配慮されて、敵陣深く入り込まれる度量には並び立つ者もござるまい。しかも底抜けに明るい。あれでは、口説かれぬほうがよほど難しかろう。あの目の輝きは、天下人のものかもしれぬ、とわが主《あるじ》の傍《かたわ》らながら思うており申した」

(初対面で兼続ほどの人物を惚《ほ》れさせる秀吉の器量とはなんなのか)

三成は改めて考えてみた。

(信長様と比べれば……)

「直江殿、秀吉様と亡き信長様を畏れ多くも比較してみ申した。答えはこうじゃ。信長様は戦国の世を切り開かれた草創期に屹立《きつりつ》する天才といえまする。が、それだけに欠点の谷も深くあらせられた。秀吉様の〝天才〟はそれがよく分かっておいでだったことにござりましょう。信長様の天才に学び、その谷を埋めてこられた。これはまさに天下人の承継と申せませぬか」

兼続も比較したい人物がいた。越後といえば亡き上杉謙信である。

「面白いことにござる。越後の亡き上杉謙信公は文武両道に優れられ、家臣や領民にとっては神や仏と並ぶ信仰の対象でさえござった。謙信公のためには喜んで命を投げ出す気風が越後には溢れており申した。しかるに、秀吉様は全く異なる風を放たれておられる。領民や家臣が己の利益を追求するのに寛容であり、応援さえしておられる。宗教的魅力は微塵《みじん》も出さずに他人を虜《とりこ》にできるとは、それだけ偉いということではなかろうかとさえ思える」

三成は主のことを兼続が好意を持ってくれたことに安堵した。

「直江殿、貴殿とはこれからも上手くやってゆけそうじゃ。羽柴家と上杉家が手を携えて天下一統を実現させましょうぞ」

「大賛成じゃ。某《それがし》もよき友を得て心強い限りでござる」

兼続は一息入れて続けた。

「石田殿、提案がござる」

「………」

「われらは同じ歳にござる。これ以降、三成・兼続で呼び合いませぬか」

「おおっ！　それはよい……」

二人の友情は時とともにいよいよ強固になり、「兄弟の契《ちぎ》り」を結ぶに至った。

その兼続が、佐和山城に退隠中の三成を訪ねてきて密談をしている。その場には、三成の懐刀《ふところがたな》島左近も同席している。言葉を換えれば、この席には「天下の三兵法家」のうち、左近と兼続という二大兵法家が含まれているのである。

三成が口火を切った。

「内府は、口では『太閤のご遺命』と言いながら、腹心の本多殿と謀りながら、その実《じつ》太閤殿下のご遺志をないがしろにしておる。例えば、『大名同士の婚姻を勝手に行うべからず』とのご遺命を知りながら、伊達政宗、福島正則、加藤清正、蜂須賀家政らと縁組し、勢力拡張を図っておる。また『家康は伏見城で政務を執り、利家は大坂城で秀頼を見守る』とのご遺命に対して、利家様がご崩御なさった途端に大坂城に入りおった。諸大名を国許《くにもと》に帰国させ、好き放題の政務を執り行っており、横暴もここに至れば断じて許せぬ。北政所様が西の丸を内府に明け渡されて、京に移られたのも、いかがなものか。亡き太閤殿下と夫婦で築き上げられた豊臣政権を淀殿に渡されたくないということであろうか……」

兼続が続けた。

「全くもって内府の横暴ぶりは目に余る。『内府は律義者』というのが定評であるが、あれは凄まじいばかりの演技にござる。徹頭徹尾の演技で、涙を流したり、怒鳴ったり、あれだけの役者は古今東西見当たらぬわ。北政所様もすっかり骨抜きにされてしまわれたし、豊臣恩顧の大名も情けない姿を晒《さら》しておる」

左近は骨の髄まで現実主義者である。結果を伴わぬ議論は無意味だと考えている。

その左近が語気を強めて言った。

「病根を絶つのに薬を選んではおれませぬ。特に、内府のような狡猾《こうかつ》極まりない狸《たぬき》は、劇薬を用いてでも抹殺しなければ、必ずや禍根《かこん》を残すことになりましょう。『仏の嘘は方便、将の謀略は武略』と申します。ここは暗殺という名の武略を用いるべき時だと考えまする」

兼続は、左近という人物にもともと強い興味と関心を持っている。

一国一城を任せられる将器でありながら、三成に仕えた左近。

「三成に過ぎたるものが二つあり　島の左近と佐和山の城」

と皆が驚いた左近の就職。それらを含めて、兵法家左近の戦略を確認しておきたかった。

「島殿、軍略としてみた場合、われらはいかに動くべきとお考えか」

左近の勝利への方程式は決まっている。

（それを成し遂げる大将さえいれば、という前提条件が付くが……）

と思いつつかねて抱く考えを吐露《とろ》した。

「勝利を確実なものとする最善の策は、秀頼様に総大将になっていただくことにござりましょう。さすれば、加藤清正、福島正則らの徳川軍に従う豊臣恩顧の大名は弓を引けますまい」

兼続が応じた。

「某《それがし》も同じ考えにござる。しかし、淀殿が秀頼様を離されますまい」

左近は一呼吸置いたあと続けた。

「それがならぬときは毛利輝元公に戦地で豊臣軍の総指揮をとっていただく。豊臣軍が勝利するか否かはひたすら毛利にかかっていると申せましょう。某が見るに、毛利一族の分裂が一番の不安要因でござる。毛利の両川《りょうせん》といわれる吉川広家《きっかわひろいえ》殿と小早川秀秋殿は高麗における戦闘での讒言《ざんげん》問題で安国寺恵瓊《あんこくじえけい》殿との仲がさらに悪くなられたという。恵瓊殿が輝元公を上手く誘い出されはしたものの、実際に毛利の軍隊を指揮するのは吉川殿にござれば……」

左近は深いため息をついた。

「毛利さえ裏切らなければ、兵力や陣形次第では豊臣軍の勝利も見えてきましょう。輝元公は三成様と博多での在朝鮮軍帰還業務の折に仲よくなられたことや、あわよくば天下が転がり込んでくるかもしれぬという夢も手伝って豊臣軍の総大将になられたとしましても、はたして戦地に立たれるかどうか……。吉川殿や小早川殿を戦場に引っ張り出せるか否かはひとえに輝元公を戦場に担ぎ出せるか否かにかかっており申す」

左近の頭脳は回転を速めた。

「もう一つ手立てが考えられまする。三成様と兼続様の協力で事をなしてしまおう、というものです。上杉様に内府へ反旗を翻《ひるがえ》していただく。当然内府は憤って会津征伐と称して伏見城に若干の守備兵を残して出征すると思われまする。もっとも内府は加賀前田家のときと同様に上方で三成様が挙兵することを望んでのことだと思いますが、その内府の思惑に乗ったふりをして逆手《さかて》を取りましょう。そのためには、お二人の呼吸が何より重要になりまする。内府に〝関東大返し〟ができないようにするのです。つまり、内府が会津で上杉軍と交戦したのを確認してのち、当方が挙兵し、伏見城を血祭りにあげた勢いで関東に雪崩《なだれ》込む。関東の地で北と南から挟撃《きょうげき》すれば勝利はわれらがものとなりましょう」

言い終えると、左近はひとつ咳払いをした。

静かに左近の話を聞いていた兼続が応じた。

「秀頼様や輝元公を戦地に立たせることは無理でござろう。されば、われら上杉が内府を会津に誘《おび》き寄せる策が現実的でござろう」

三成が締めた。

「二大兵法家が立てた戦略、成功せぬわけはござりますまい」

正信には、外見《そとみ》は鷹揚としている家康の苛立ちが手に取るようにわかる。

（三）

「前田には上手く逃げられたな」
「さすがに芳春院様でござりまするな。並の女性《おなご》ではござりませぬ」
「次の標的は誰にしようかの」
「上杉景勝様がよろしかろうと」

一年前に秀吉から会津転封を命ぜられた景勝は、藩政を整えるべくただちに領内の諸城郭を修理し、道路や橋を築造し、兵糧・武器を蓄え、また浪人を集めるなど、軍備を強化していた。

隣国が強大化することを恐れた出羽国角館《かくのだて》城主戸沢政盛《とざわまさもり》は会津の情勢を家康に通報し、景勝に陰謀ありと訴え出た。

家康は慶長五年（一六〇〇）正月以来再三にわたり、景勝の上洛を促したが、頑として応じない。

「おそらく石田殿が裏で糸を引いておるに相違ござりませぬ。ここは、徳川と上杉両家の争いにしてしまっては具合が悪うござりまする。あくまで豊臣家の御為《おんため》という名分が必要にござりまする」

正信は家康に進言して、秀頼の名において上杉家家老の直江兼続《かねつぐ》と親しい相国寺老僧西笑承兌《さいしょうじょうたい》を問罪使《もんざいし》として上杉家に派遣し、事実を糾弾《きゅうだん》させようとした。上杉家の方でもこの問罪使を待っていた。景勝と兼続は、公式の文書で家康の野望を痛烈に糾弾しようと、後世「直江状」と呼ばれることになる「斬奸状《ざんかんじょう》」で諸大名の正義心を呼び覚まそうとした。この「直江状」は江戸時代を通じて「稀世の快文字《かいもんじ》（最も痛快な手紙）」などと言われ、多くの人々に読まれた。

この返書は五月三日に大坂に到着した。

「景勝には逆心など毛頭ござらぬ。讒訴《ざんそ》した者を糾明《きゅうめい》もせず、いきなり逆心などと言ってくるのは不公平極まりなく候。上方の武士は茶碗など人たらしの道具を集めて喜んでおるも、田舎武士は槍・鉄砲など武具を集めるが当然のことにて候。道を造って橋を架けるのは、国造として当然にて候。もし景勝に逆心があるならば、むしろ道は塞《ふさ》ぐはずにて候。逆心なければ上洛せよ、などと言うのは、乳呑児《ちのみご》にここへ来いというほどの愚かにて候。昨日まで逆心を抱いた者といえども、事がうまくいかぬと思わば素知らぬ顔にて上洛するに違いなく候。無駄なことにて候」

正信に向かって家康は怒りをぶつけた。

「わしはこれまでの生涯でこれほど無礼な手紙を貰うたことはない」

家康は手紙を丸めて投げ捨てた。

（上様の怒る演技の見事さよ）

正信は傍《かたわ》らで感心した。

「これで上杉謀反の証《あかし》が揃いました。いよいよ出兵にござりまするな」

六月十六日早朝、家康は三中老らが止めるのも聞かず、在坂の徳川部隊の将兵三千余を直卒して大坂城を発ち伏見に向けて進軍した。途中伏見城に立ち寄った家康は、千畳敷の大広間に立ってひとり感慨にふけった。

「いよいよ天下の覇権は上様の手の届くところまで近づいたようにござりまするな」

正信が家康の気持ちを代弁した。

関ヶ原の三カ月前のことである。

正信は生前秀吉が狩野永徳《かのうえいとく》に描かせた牡丹《ぼたん》の天井絵を鋭く見上げている家康に問うた。

「江戸へは急ぎ下られますか」

すると、家康は気の抜けた返事をした。

「夏場は暑いゆえ、ゆるゆると下ることにする」

正信は安堵した。

（上様も会津征討などどうでもよいのであろう）

今、背中を見せつつある大坂で、三成に反徳川連合を組織させて決起してもらわなければ困るのである。こんどの行軍はいわば〝無駄足《むだあし》〟なのである。

(四)

家康が大坂城を出発したとの報を受けると、何事にも動じない左近が珍しく廊下を駆けた。

「殿、家康めがついに大坂城を発ったとのことにござります。いよいよ病根を絶つ時です。災いの元を摘み取るのですぞ」

三成は学問好きなだけに正義の観念が強く、暗殺という手段を心情的に好まない。

「わかった」

とは言わずに、

「左近は、いつまでも血気盛んじゃの」

と苦笑いして、黙認した。

「して、いかなる策を講じるというのじゃ」

「幸い、水口城は五奉行のひとり長束正家様の居城にて、早々に参上して手筈を整える所存にござります」

左近は家中の者から剣術に優れた四十名を選び、佐和山城下を離れ、水口に入った。

「なんじゃと、内府をこの城で討つじゃと。それは困る」

正家は怯えている。

「この左近と供回り二十名を城内に隠していただくだけでよろしゅうござります」

相手は百戦錬磨の家康である。しかも、その傍らには、謀略にかけては今や他の追随を許さない正信が控えている。城内では正信が家来に命じて、料理はじめ一切合切を取り仕切るであろう。

むしろ、城外である。そのために残る二十人を商人や山伏に変装させて、城内から逃げ出してきた家康の乗り物を狙わせる戦術である。


家康軍は石部に宿している。

正信は妙に目が覚めて眠れない。

(何かある)

胸騒ぎが次第に高鳴る。

先に放っておいた間諜が寝静まった裏庭の戸を叩いた。

「なんじゃと。島左近らしき人影が水口城に入るのを見たというのじゃな」

正信は大声をあげそうになり、慌てて右の掌で口を押さえた。

「すぐにお発ちなされませ」

「うむ」

正信の催促に家康は布団を蹴《け》りあげて応じた。

なにぶん、真夜中である。武将も小姓も誰もかれも寝ている。

「御立《おた》ちぞ……。御立ちぞ……」

正信が部屋部屋に檄《げき》を飛ばした。

「静かにの……。宿場の者に気取られぬよう物音を出すでないぞ」

こうして家康一行は、石部の宿を駆け出し、夜陰に紛れて水口城下を駆け抜けた。

「これか……！」

家康が水口城下を離れたことを知った左近が、小牧・長久手で故太閤の鼻をあかしたという、一見鈍重そうな家康が時に見せる意外な機動性を目のあたりにして、えも言えぬ感想を漏らした。

佐和山に登城すると、「左近、これで気がすんだか」と、三成は予測通りの展開に満足して微笑んだ。

（五）

三成は、大坂で反徳川連合軍（以降、西軍）を着々と結成していった。

三成は西軍の実質上の総師ではあるものの役職はない、というよりその資格がなかった。佐和山十九万石では総帥にはなれないのである。

「あのとき百万石の大名になっておれば、……」

秀吉からの申し出ありし日に辞退したときは、次に話がある時まで待とうとの思いであったが、その秀吉は次の機会を与える間もなく黄泉《よみ》に旅立った。

（奉行職に就いていなくとも、諸侯間の人気に今一つ欠けるとしても、大大名ならば身代を担保に大きな手形を切れるし、加えて己の智謀で西軍を勝利に導けるであろう）

との思いも叶わぬ夢となった。

結局、西軍総帥は大老の毛利輝元、その下の軍事補佐役には大老の宇喜多秀家、政治補佐役として奉行の増田長盛が任命された。

三成を中心に数度の軍議が開かれ、西軍の戦略が固まっていった。

まずは会津での戦闘開始の報を待って、京坂に存在する徳川軍（以降、東軍）の拠点を片っ端から攻略するというものである。

あわせて東征諸侯の妻子を人質として押さえることにした。

「それはそれで妙案でござりましょう」

と、左近も同意した。

しかし、細川忠興夫人の珠《たま》（洗礼名、ガラシャ）が捕縛を嫌い自殺した。驚いたのは立案者の三成本人であり、すぐに人質政策を中止してしまった。

（まずいことをなさる）

と、左近は思った。

（信長様や秀吉様も人質はよくとられた。とられた以上はいかなる事態が生じても、無視し、黙殺し、あくまでその政策を押し通された）

左近は、この中止の一事によって、敵味方の諸侯が、西軍の執行機関の軽さを見透《みす》かしてしまうのではないかと恐れた。

さらに、初動に誤算が生じた。西軍は七月十九日に伏見城を一斉攻撃したが、そのとき家康はまだ江戸にいたのである。島左近と直江兼続という、当代きっての兵法家が立てた戦術の根幹をなす「東軍が上杉軍と交戦状態に入ったのを確認したうえで挙兵する」という作戦は当初から齟齬《そご》をきたしたのである。

小山会議

（一）

会津征討軍が江戸に入ったのは七月二日である。諸国からの軍勢が次々と加わり、瞬く間に七万余という大軍団が編成された。家康はこれを前軍・後軍の二手に分け、前軍の総大将に秀忠を任命し、自らは後軍の総大将になった。

正信の気掛かりは一点である。家康にも入念に言っておいた。

「抜け駆けだけは許してはなりませぬ。おそらく三成らが企てておるであろう戦略に乗せられては、断じてなりませぬぞ」

もし間違って開戦してしまえば、上方で三成が挙兵しても、素早く引き返せなくなってしまう。江戸を発つ前に、家康は諸大名を集めて、その旨《むね》厳重に戒《いまし》めた。

正信が家康とともにようやく江戸を離れたのは、七月二十一日のことである。今度もゆっくり行軍し、二十四日に下野国小山《おやま》につき、そこの小さな古城に宿営した。

（三成は何をしておるのじゃ。早く起《た》て）

と正信は心で叫んでいた。


戦闘準備と称して出発の日程を遅らせていたところへ、伏見城からの早馬が到着した。

伏見城を守る鳥居元忠直筆の封書には「三成挙兵」と記されていた。

正信は小躍りした。

（とうとう、かかりおった）

仕掛けた罠に三成らが嵌《はま》ってくれたのである。

さっそく正信は家康に報告して諸大名に明日軍議を開く旨の触れを出した。

正信と家康は深夜まで謀略を練った。真剣そのものなのであるが、何やら楽しげでもある。

「明日の軍議でしくじれば今まで積み上げてきた策謀の数々は一挙に崩れ去ってしまおうな」

「左様にございますな。なにせ、上様が上杉征討に連れてこられた諸侯の大半は豊臣家の諸侯すなわち客将にございますれば……」

正信は一呼吸置いた。

「それを明日の軍議で一挙に徳川家の私兵と化さねばなりませぬ。さもなければ天下は取れませぬ」

家康は目を閉じた。

(百戦錬磨の上様も、明日の軍議の雰囲気を思えば、さぞや緊張なさっておられるのであろう)

「弥八郎、何か策はあるのか」

「事前に口火を切る役を作っておくことが肝要かと」

正信は考えてはいた。

「福島正則殿あたりが適任かと。豊臣恩顧の大名であり、もしわが方に付かせることができますれば、『左衛門太夫様でさえそうなれば我も……』ということに相成りましょう」

「皆が右顧左眄《うこさべん》しているおり、誰かが赤といえば赤に靡《なび》き、白といえば白一色になるかもしれぬの。ただ、誰がそのように左衛門太夫を口説くのじゃ」

正信は家康から一応尋ねられはしたが、両人とも明快な答えを持っていた。

黒田長政である。

この如水（官兵衛）の子は、親の血を引き継いだのか類稀《たぐいまれ》なる策謀の才を有していた。すでに秀吉の死の前後から家康を次の天下人に位置づけ、その賭けを成功させるためにかねてより豊臣家の諸大名を家康方に引き入れていた。

長政は、

（如水が秀吉を通じて得た軍師の喜びを、自身は家康を素材にしてやり遂げようとしているかのようである。

「なんですと。もう福島様を説得されたじゃと」

長政を屋敷に呼んで、他愛もない世間話のあとにやっと言い出す契機《きっかけ》をつかんで、正信が意を決して正則説得を依頼したところ、昨日すでに説得を終え今朝もその意志の変わらぬことを確認してきたところなのだという。

（父如水殿と異なり一見猪武者《いのししむしゃ》の風体《ふうてい》のどこから智恵が出て、なんと言って説得したのであろうか）

「敵は治部少輔《じぶしょうゆう》じゃ、豊臣家が敵ではござらぬ」

と、事態の本質を曖昧《あいまい》にして説得したのだという。長政は西軍が負けたならば豊臣家の将来がどう転ぶかが見通せるが、正則は阿呆の猛将というより見通しを曇らせるほど三成への憎悪が昂《こう》じているためにそれができない。あるいは中央集権化を進める三成一派が天下を取れば、武で生きてきた己《おの》らが不要となるとの見通しを立てているのかもしれない。

かくして正信は家康とともに軍議に平常心で臨むことができた。

軍議の場に諸将が揃うと、やがて上段に家康が姿を見せ、傍《かたわ》らに正信が着座した。

「おのおの方、よくぞお集まりである」

正信が家康に代わって軍議の始まりを宣言した。正信は、今日の軍議では家康には一言も語らせまいと考えていた。この軍議から家康に「東軍の総帥」を飛び越えて「上様」として天下人の重みを付けてしまおうと演じたのである。

「すでにお聞きお呼びのこととは存ずるが、上方にて一部の輩が秀頼様を私《わたくし》し、そのご沙汰《さた》なりと偽《いつわ》って兵をあげ、豊臣家大老の筆頭たる上様を討とうとする暴挙に出申した」

正信は隅々に目を向けた。

「上様もさぞお辛《つら》かろう。豊臣家の諸将を従えての今回の上杉征討であるが、もし三成らに味方したいと思うておられる方があるやもしれぬ。さようなお方については、『遠慮はご無用であり陣払いをして上方にのぼられよ』との仰せである」

「待たれいっ！」と座の後方から大声を発する者がいた。福島正則である。天井が割れんばかりの声である。

「他の御仁《ごじん》はいざ知らず、拙者は治部少輔めと一味する気は毛頭ござらぬ。拙者は内府にお味方つかまつり、憎《にっく》き治部少輔めを串刺しにするつもりにござる」

この正則の発言が軍議の大勢を決めた。

あとは作戦会議に移ることとなり、

「会津征討はひとまず見送り、西軍を叩く」

ということに決した。

皆が一呼吸置いたところで、掛川城主の山内一豊《やまのうちかずとよ》が後方から大声で宣言した。

「わが城を内府にお預け申す」

自分の兵は全て参戦させるので、掛川六万石を徳川の管理に任せるというのである。大名の家族は城内に残るから、人質を家康に差し出すということでもある。

「よろしいのかな、対馬守殿。そうしていただければ、皆々国許に帰りたいという気にもならず、兵にも勢いがつき、我らも裏切りを心配せずにすむ。これ以上の忠義はござらぬ。まことに日本一の思慮にござる。上様もこの上なくお喜びであろう」

正信は珍しく喜色を満面に浮かべて激賞した。

「某《それがし》の城もお預け申す」

と、次々に東海道や中山道の大名が名乗り出た。

家康はこの間一言も発せず、途中で退座した。

これも演出である。正信のこの〝魔術〟で、退出する家康の後姿には天下人の風格が漂い始めた。

後日談になるが、最初に城明け渡しを名乗り出た一豊《かずとよ》に、家康は「松平」の姓を名乗ることを許し、関ヶ原の戦い終了後においては、目立った武功がなかったのにもかかわらず、土佐二十四万石を与えた。いかに家康が城譲りを評価したかが分かる。ただし、城譲りの案は浜松城主堀尾忠氏《ほりおただうじ》の発想であり、それを聞いた一豊が自分の案として先に発言したものというのが、どうやら真実らしい。

なお、例外も出た。信濃国上田に本拠を置く真田昌幸は、西軍につくことを言明した。上州沼田の「名胡桃《なぐるみ》の地」所領の件で家康に恨みを抱いていたからである。三成と合婿であることもあるいは関係したのかもしれない。豊臣家の家臣としては、美濃岩村城主田丸直昌《たまるただまさ》が西軍につき、桑名城主氏家行弘《うじいえゆきひろ》が中立の立場を取った。

天下取りを終わったあとの徳川家の感情としては、彼らには好感を抱き、むしろ豊臣を裏切り徳川に加担した福島正則や加藤清正、加藤嘉明などを嫌い、次代の跡目相続で断絶せしめた。

（二）

慶長五年（一六〇〇）八月四日、小山で軍を反転させた家康が、江戸に戻ったのは、八月五日である。

「まだ動かれる時ではございませぬ」

正信の言を入れ、家康はそのまま動かなかった。

そこへ八月一日に伏見城が陥落し、鳥居元忠は壮烈な戦死を遂げたという知らせが届いた。

（伏見が落ちたのでは一刻の猶予《ゆうよ》もなさるまい）

との雰囲気が漂った。

すでに小山を先発した豊臣家の旧臣たちは、駿河を過ぎて、遠江《とおとうみ》から三河へかかっている頃であろう。西軍もまた勢いに乗じて近江から美濃に進出してくるのは間違いあるまい。

徳川家の家中でも、本多忠勝と井伊直政はすでに西上している。この両人は、東西両軍激突となれば軍監の任務を果たすことになる。

(とうとうこれで尻に火が付いたな)

誰もがそう予想した。

ところが、家康は元忠を死なせた悲しみから立ち直って政務を執り始めてからも、西上のことには一言も触れない。味方の諸将が福島正則の居城である清洲城に着いたという知らせが届いても、岐阜の織田秀信(幼名、三法師)が敵方に呼応したと知っても、いっこうに腰を上げようとしない。

清洲城から何度か西上を促す使いがやってきた。それでも正信は家康を留める。

「弥八郎、諸将は儂《わし》を恐れているであろうな」

「上様の実力と、これまでの戦歴を見れば恐れぬ者などござりますまい」

「儂が早々に出発し陣頭で采配を振るったとすれば、彼らは否応なしに戦いに巻き込まれる。あたかも朝鮮への出兵を命ぜられた諸将のようにな」

家康は一呼吸おいて続けた。

「その結果がどうじゃ。友軍同士の間に亀裂が生じ文吏派だの武断派だのと言いあい、互いに憎悪を剝《む》き出しにしておるではないか。そのうえに戦功の報告や論功行賞への不満が絡んで、太閤の生涯の功を一挙に醜《みにく》い争いの泥沼に引き下ろしてしまったのじゃ」

（儂がそれを利用しているのも事実であるが）

正信も分かっているので、あえてそこまでは言わない。

「信長様、太閤殿下、そして上様と続く天下一統の流れを絶やさぬこと、すなわち天下泰平の創造が万民の意志であり、歴史の流れでなければなりませぬ」

（決して急《せ》いてはなりませぬぞ）

正信は家康の逸《はや》る心を諫《いさ》めた。

（三）

「使者を、いずれの者といたそうか」

夏の雲を撒き散らすかのように激しく蟬が鳴いている。

正信は、徳川家家臣の性格を日頃より分析している、というより将棋の駒にたとえて見ている。かかる局面では一本気で「槍」とも呼ばれる「香車《きょうしゃ》」が適任であろう。

「この大役は村越直吉《むらこしなおよし》殿がようございましょう」

「直吉か……、融通の利かぬ男じゃが……」

家康がやや不安げに正信の顔を見た。

「ここは才気走らぬ頑固な愚直者に限りまする。手紙もご用意なされませ。おそらく軍監の井伊直政殿や本多忠勝殿あたりが、上様の口上の内容を使者から聞き出し、憤激しておられるであろう諸将に刺激を与えぬために脚色されるに違いありませぬ。それでは上様の真意が伝わりませぬがゆえに……」

こうして村越直吉が江戸を発った翌日、すなわち八月十五日には、西軍もまた宇喜多秀家が兵一万人を引き連れて大坂を発ち、続いて十七日には小早川秀秋が大坂を発った。


直吉が清洲に到着したときには、諸将はみな城内の広間に参集して待ちかねていた。

「ご使者のご苦労お察しいたす。して内府は、いつ江戸をご出発なされるのじゃ」

福島正則は使者が物言う前に、小刻みに膝を進めた。

「ただいま、上様からのお手紙をご披露し、あわせて口上を申し上げまする」

手紙のあて名は福島正則と池田輝政になっている。

「そこもとの模様知りたくつかまつりて、村越直吉をもって申し候。ご談合候いて、仰せ越さるべく候。出馬の儀は油断これなく候。お心やすかるべく、委細口上をもって申し候」

手紙の中身はこれだけである。

正則は身を乗り出して直吉に言った。もはや問い詰め調である。

「委細は口上をもってとあるが、内府は風邪がことのほか重いゆえ出発が遅れておられるのではないのか」

直吉は猛将たちに問い詰められて内心恐怖で震えていたが、家康の使者の身である立場を崩してはならぬゆえ、勇を鼓《こ》して姿勢を正した。直吉にとって、おそらくこの一瞬は、彼の人生の中で最も緊張を要した場面であっただろう。

「では、ご口上を……」

直吉は大きな声を発し、襟《えり》を正して両手をいっぱいに広げて膝の上に置いた。

「おのおの様がご家臣ならば、上様はいちいちお指図くださろうが、おのおの様はご家臣ではござらぬ。お味方でござる。そのお味方が、何とてここで手をこまねいておわすや。速やかに木曽川を越えさせられてお働きなされたい。さすれば、上様も、ご出馬の儀は油断これなく、心安かるべくとご書面にあるとおりでござる。上様にご出馬を見合わさせているのは、上様の風邪でもご都合でもない。ひとえにこれはおのおのの様のお心得でござる」

直吉はついに、家康の意志以上の手厳しさで、彼らの決心の曖昧《あいまい》さを責めてしまったのである。

一座は一瞬シーンとなった。

ここでも、福島正則が雰囲気を一変させた。

「あっぱれなご沙汰にござる。いや村越殿の申すとおりじゃ。ごもっともじゃ!」

こんどは、直吉がキョトンとした。家康の口上を申し述べた自分を殺すことはあるまいと思ってはいたが、まさか褒《ほ》められようとは想像だにしていなかった。ところが、尾張者の正則が、三河者以上の単純さで直吉の勇気に感服してしまったのだ。

「よろしい。ただちに進撃つかまつり、やがて戦況をご注進申そう。いや村越殿も二、三日逗留あって、犬山城や岐阜城を攻め落とす、われらの手並みをご覧あれ」

「有り難きお言葉なれど、手前はご口上を述べる使者の身なれば、城攻めの見届けなどお役ではござりませぬゆえ、ご免こうむりとうござる」

直吉は、ひどく強《こわ》ばって返答したが、それが冒《おか》しがたさを漂わせることにもなり、その場の雰囲気を凛たるものにした。訥弁《とつべん》は時に、雄弁《ゆうべん》以上の迫力を持つ。

池田輝政が両手を叩いて皆の気をひいた。

「なるほど、村越殿の仰せのとおり。これは面目なき次第でござった。われらはご家中ではござらぬゆえ、われらの判断で行動いたすのが理の当然。ああ……、ここで何日も空費することは許されませんぞ」

加藤嘉明が続けた。

「村越殿、よくぞ申された。これで、はっきりいたした。われらが木曽川を越えたと知れば、内府もご出馬なさろう」

黒田も浅野も続いた。

ただ、細川忠興だけは、学があり思慮深いだけに相槌《あいづち》は打たなかった。

（内府、それはあまりにズルかろう）

と内心思った。

福島正則・池田輝政の率いる先遣部隊が岐阜城を攻略したとの報を受けた正信は、したり顔で家康に言上した。

「勝機が上様に舞い降りたようで……」

家康は、ようやく九月一日に江戸を出発し、十三日に岐阜に入った。

（四）

正信はこの一大決戦に際し、家康の命によって秀忠の指揮する別働隊に属して中山道を西上していた。総兵力三万八千の大軍である。秀忠はこのとき二十一歳であり、合戦の経験は全くなかった。ゆえに家康は、自分の最も信頼する正信を政治参謀に、また最も合戦巧者の榊原康政を軍事参謀に任命して、補佐させることにした。

正信は江戸を発つ前夜、江戸城の奥座敷で家康と謀った密議を思い起こしていた。

「弥八郎、秀忠を東西両軍の決戦の場には出させぬというのじゃな」

「徳川譜代の臣は温存するのでござります」

「儂には豊臣家譜代の大名を押しつけるということか」

「上様は猛獣扱いがお得意でおわしますゆえ、福島や加藤などの豊臣家の猛将を操られて、三成勢を叩く。つまり豊臣家家臣同士を戦わせるのでござります」

「決戦の場で儂が勝てばそれでよし。負けても身ひとつで逃れれば温存した徳川軍で西軍を叩くはやすしというわけか」

「御意！」

「弥八郎、最も重要なのは、東西両軍決戦に勝利したとして、その後の勢力分布で徳川家が他を圧倒することであるぞ。それが天下一統には欠かせぬでのう」

正信も、信長、秀吉と続く天下一統の流れを家康こそが受け継がねばならぬと心に決めている。

「じゃが秀忠を江戸に残すわけにも参るまいて」

「上様の別働隊として中山道から西上していただきましょう」

正信は一両日地図を眺めているうちに湧いた策があった。

「真田昌幸殿です」

「真田をどうしようというのじゃ」

「真田殿は北条殿との上州沼田の領有権問題の件で上様のことを恨んでおられ、小山会議でも西軍に付くことを公言なされました」

「真田に秀忠を襲わせるのじゃな。相当苦しめられようが被害は知れておろう」

「徳川軍は温存できまする」


別働隊は、碓井峠を越えて、九月一日に軽井沢に到着し、翌二日に小諸《こもろ》城に入った。すぐに城内で軍議が開かれた。議題はここより西方約五里（約二十キロ）にある上田城に籠って反徳川の旗色を鮮明にしている真田昌幸をどうするかということである。三成と昌幸が相婿《あいむこ》であることも調べ上げている。

正信は口を挟まない。

小諸城主でこの別働隊にも参加している仙石秀久が、

「帰順勧告をしてみたらどうか」

と提案した。

いかに百戦錬磨の昌幸でも、この大軍を見れば、圧倒されて観念するのではないかというのである。

さっそく、上田城に使者が派遣された。

しかし昌幸は、

「せっかくのご使者には恐縮するも、帰順など毛頭考えておらぬ。秀頼様の御為《おんため》を思う某《それがし》には、いくら不利とはいえ不義の軍に付くわけにはまいらぬ」

と、にべもなく断った。そして足蹴《あしげ》にするばかりに使者を追い返した。

(これは賭博《ばくち》じゃ。信州の片田舎に育ったせいで小大名に甘んじておるが、ここで三成に加担し器量相当の大大名になり、その後の混乱に付け入り天下をとってみせようぞ)

と、昌幸は思っている。

「西軍の勝ち目は儂が握っている」

昌幸は息子の幸村に言った。

「西軍の勝利を作り出す唯一の戦略は、眼前の秀忠軍三万八千をこの上田城で食い止め、東西決戦の場に出させぬことじゃ」

ゆえに、昌幸が恐れているのは、むしろ東軍が上田城を無視して進軍することであった。

(怒らせねばならぬ。幸い秀忠は若い)

「うぬ……不義の軍とぬかしおったか」

秀忠は昌幸の目論見《もくろみ》通り怒りだした。

「不義は徳川に非ず。石田三成にあり。それが証拠に豊臣恩顧の大名が多数徳川方に加担しておるではないか」

（若造め、嵌《はま》りおったな。義・不義論争という不毛の争いに秀忠が夢中になり、行軍が遅れればそれでよし）

それこそ昌幸の付け目である。一方の正信にとっても目論見通りの展開である。

「中納言殿（秀忠）は馬鹿ではないのか。豊臣恩顧の大名が内府に加担したから義があるとは、片腹痛し」

昌幸は、使者を通じて極力過激な言葉で秀忠を挑発した。

「もはや我慢ならぬ。城攻めじゃ」

と、秀忠は叫んだ。

事の成り行きを小姓から聞いた正信は、笑いを抑えた。

（敵を欺《あざむ》くにはまず味方からじゃ。若殿には申し訳ないが……）

「若殿、ご短慮はなりませぬぞ。世阿弥の言葉にある『離見の見』、すなわち観客の目を以てご自分を振りかえりなさりませ。若殿は熱くなられ過ぎておられまする。冷

ねばならぬ。

正信は先を急いで本体と合流することを優先させようとしている、と周囲に思わせ

上田城と小諸城の間を使者が何度となく駆け回った。籠城《ろうじょう》作戦のための軍備を整えているのではなかろうかと、秀忠は三度目の詰問使を発した。

「儂は戦おうとしているゆえ、戦支度をするのは至極当然であろう。戦準備を敵将から注意される例は古来あるまいて」

と、昌幸は高笑いした。

この報告で秀忠はついに堪忍袋の緒を切った。

「われらを、誑《たぶら》かしおった」

諸将も昂奮している。

(これがあの男の恐ろしさよ)

正信は、かつて信濃経略の際に昌幸に散々な目に遭わされた苦い思い出を忘れてはいない。

(若殿は、もう攻撃を思い止まられることはあるまい)

そう確信した正信は安心して秀忠に忠告した。

「若殿、無視しましょうぞ。上様は『何があっても美濃に早く来よ』とおっしゃられ

ましたぞ」

だが、一座は平静さを失っており、正信の言うことを聞こうともしない。

（やはり上様は凄い）

家康が上にいないと統制が乱れる徳川軍を見て、正信は改めて家康の器量を思い知らされた。

（思い通りに事は進みそうじゃ）

正信は演技を続ける。

やがて攻城戦が始まった。

徳川の大軍に対して、小部隊の真田軍は地の利を活かして、思いのままの攻撃・退却を繰り返した。

戦局は膠着《こうちゃく》状態が続いた。

正信はあることで声を荒らげた。

（怒り心頭であると見せねばならぬ）

味方に対してである。

正信は家康から委ねられている指導権を発動した。将士たちが暴走したからである。

食料補給のために夜の闇に紛れて城外へ出た敵兵を味方の兵が発見し、勝手に攻撃を仕掛け城中に追い払ってしまった。籠城軍の補給路を断ったのであるから軍功ともいえる。

（小さな戦《いくさ》で知らしめるのが有効であろう）

「汝《なんじ》らは若殿の軍令を聞かずして勝手に戦を始めおった。新徳川軍法では『統帥権』の大事さを力説しておることを知らぬとは言わせぬでな。これはもはや軍法違反にござる」

と諸将を集めて、懲罰を発表した。

手厳しい懲罰に全軍が憤慨した。

「正信の爺《じじい》は、上様のご威光を傘に、武功を立てたものを処罰しおる」

非難は轟々《ごうごう》と上がったが正信は気にかけない。

（豊臣家における石田三成も同じ立場ではなかったか。かつて朝鮮の役で、加藤清正や小早川秀秋らを処罰したときもさぞや反感を買ったことであろう）

正信は、敵将たる三成に幾分かの同情を感じた。

こうして、昌幸の作戦に翻弄《ほんろう》された秀忠軍三万八千は信州で十日間釘づけにされ、ついに関ヶ原の戦場に間に合わなかった。

正信の思惑通りに事は動いた。

第八章　関ヶ原終曲

内部崩壊

（一）大谷刑部吉継

（紀之介ほどの友垣《ともがき》を得たのは半生の誇りの一つである）

と、三成は繰り返し思う。

三成と大谷刑部少輔吉継《ぎょうぶしょうゆうよしつぐ》、一歳違いの二人の仲の良さは周りから見れば異様であり、理解しがたい。ために逸話がつくられた。

「吉継は三成に恩があるからだ」

という倫理観で解釈しようとしたのである。

秀吉主催の茶会が大坂城で催された。吉継は癩病《らいびょう》（現在のハンセン病）のため、皮膚に異変が生じ、顔面が崩れていくのを隠すために白布で顔を覆っていた。

隣席から回ってきた茶碗の濃茶を作法通りに飲もうとしたとき、不覚にも布の間から膿《うみ》が垂れ、茶の中に落ちてしまった。居並ぶ諸侯たちは感染を恐れて、吉継から回ってきた茶碗を飲むふりだけして次々に回していった。やがて茶碗は三成の膝下に置かれた。三成はそれを高々と持ち上げると、一気に飲み干してしまった。

その友情の深さに感激した吉継が、

「三成のためなら命を捨てても惜しくはない」

と決意したと世間は噂した、というのである。


吉継がこの〝噂〟を実践したのは「関ヶ原の戦い」においてである。

慶長五年（一六〇〇）七月、越前国敦賀城主の吉継は家康の会津征討に従軍するため美濃・垂井《たるい》まで軍を進めたところで、三成に呼び止められて佐和山城に赴《おもむ》いた。佐和山城で待機していた三成は、単刀直入に吉継に相談した。というよりも通告した。

「実は近々内府打倒の旗を挙げる。会津に内府を誘《おび》き寄せたのも、上杉殿と申し合わせたうえでのことであり、内府を関東において挟撃するためである。ぜひ御事《おこと》にもわが方に加わっていただきたい」

吉継は愕然《がくぜん》とした。

「それほどの大事を企てる以上は、上杉景勝などと相談するより前になぜ無二の親友たる儂《わし》に相談しなかったのだ」

吉継は慧敏《けいびん》な男である。

秀吉をして、「百万の軍の軍配を預けてみたい」と言わしめたほどの器量も兼ね備えている。

すぐに冷静に事態を分析して三成を諭《さと》した。

「今は立つべきときではない。しばらく時節を待て」

しかし、事ここに至れば三成は聞く耳を持たない。話し合いは決裂した。

説得をあきらめた吉継はいったん別れを告げて垂井に戻った。

(重大な秘密を打ち明けた三成は儂を殺さなかった)

吉継は蠟燭《ろうそく》の炎で揺れる天井板の年輪を数えながら、なおも寝付けずにいた。

(儂はこれから江戸に行こうとしているのだ。家康にこのことを打ち明ければ……)

あくる朝、吉継は軍を率いて佐和山城に入った。

喜び迎えた三成に言った。

「無謀な計画といえども、勝敗の帰趨《きすう》は天のみぞ知る。貴公から密計を知らされて聞き捨てにするのは義に悖《もと》る。貴公にこの命お預け申す」

(二) 小早川秀秋

北政所、通称お寧《ね》。秀吉の正室であり、従一位という高貴の身分になってからも偉ぶるところがなく、故郷の尾張方言で明るく燥《はしゃ》いでいる。自然と、豊臣恩顧の武将たちからも慕われている。

このお寧が子を成しておれば豊臣の運命は変わっていたであろう。豊臣家に子がいないというのは、豊臣政権がその成立のときからもっている致命的な欠陥であった。

諸大名は口にこそ出さねど、

（この政権は殿下ご一代の間だけではないか……）

と思い、そのことが家康に靡《なび》いていく遠因となっていった。


中納言小早川秀秋は、秀吉との血の繋がりはなく、北政所の血縁である。

天正十三年（一五八五）、秀吉が関白に就任する際に朝廷に奏請し九歳の秀秋を従四位右衛門督《うえもんのかみ》にした。この官命を中国では金吾将軍ということより、諸侯は秀秋を「金吾殿」と呼び、格別の敬意を払った。その後、文禄元年（一五九二）には正三位権中納言に任ぜられ、「金吾中納言」と呼ばれるようになった。

三成が秀吉に献じた策により、秀秋を毛利本家に養子に出すことに決まりかけたが、「鎌倉幕府の政所別当大江広元以来の歴々の家系を穢《けが》すまい」

と、毛利三兄弟のひとり小早川隆景は自らを犠牲にするかたちで、小早川五十二万石の養子とするよう秀吉に懇願し、〝毛利秀秋〟の実現を阻止した。

秀秋は本来ならば九月十四日に大垣城での会議に参列し、三成らとともに軍議を経て、配備につくことになっているのだが、八千の手勢とともに標高二百九十メートルほどの松尾山の山頂を目指している。松尾山は関ヶ原の西南に位置し、山頂からは関ヶ原と、その周辺を最もよく見渡せる要所である。

秀秋は三成を憎悪している。

第二次朝鮮出兵時（慶長の役）に臨んで、秀吉から総数十六万三千という大軍の総大将を任された。蔚山《うるさん》の籠城戦で大戦果を挙げ、いったん秀吉から感状を受けたが、その後、筑前五十二万石を取り上げられ、越前十五万石への転封の沙汰が下った。伏見城で朝鮮からの報告書を閲覧して秀吉に伝えていた三成の讒言が原因であると秀秋は逆恨《さかうら》みしていた。

讒言といえば言えぬこともないが、三成の唯一無二の政治的立場は、

「今年で四歳になる秀頼君の将来を安全なものにする」

というものである。

そのために秀吉の意向を受けてのこととはいえ、二年前には関白秀次を切腹に追い込んでおり、今回の秀秋の減知処分もその延長線上にある。

「秀頼様の将来において害になるであろう縁者は取り除かねばならぬ」

というのが三成の信念である。

それがわかればこそ秀吉は三成を寵愛し、重用していた。

三成の最終標的は、あきらかに外様の独立大大名徳川家康である。

その家康は、正信の進言に基づき秀秋のために秀吉に取り成して結果として旧領を安堵してやった。小早川家一同は家康の温情に感泣した。

北政所は秀吉亡きあと高台院と呼ばれていたが、秀秋に対しては、

「江戸殿（家康）はそなたの恩人です。江戸殿に味方すれば、天下の泰平も、豊臣家の安泰も保たれるのです」

と諭していた。

これらのゆえに秀秋は黒田長政を通じて家康と内通した。

その秀秋がすでに関ヶ原にいる。

秀秋は本家にあたる毛利輝元が西軍の総大将になったので、とりあえず西軍についた顔をしていた。

三成は秀秋があてにならない。そこで取り込み策として秀頼名で、

「戦勝後百万石を与える」

という条件を出し、

「秀頼が十五歳になるまで関白の地位に就く」

ことを約束したので、秀秋の心は揺れ動いていた。


慶長五年（一六〇〇）九月十五日、前夜来の雨があがり、関ヶ原の戦いが始まったが、秀秋は西軍に属しつつも軍を動かさず様子見の体《てい》である。秀秋自身は東軍が強いと思っていたのに、目の前の戦況は石田勢や宇喜多勢、大谷勢を主力とする西軍が優勢である。

秀秋は西軍に与《くみ》すべきではないかと思い、家老の平岡石見に問うた。

「裏切りはやはり悪ではないか」

平岡は頭《かぶり》を振った。

「裏切りは士たる者の悪徳なることは確かではございまするが、中納言様は士ではございませぬ、将であらせられまする。将たる者の裏切りは裏切りに非ずして、武略にございまする。武略である以上、善悪をもって測るべきではございませぬ」

秀秋はますます動けない。

「金吾はどういう料簡か」

という疑惑を、松尾山を仰ぐ東西両軍の将士皆が持った。

家康の顔から血がひき、呼吸が乱れた。焦《あせ》る時の癖で小指の爪を噛んだ。

時間が経てば秀秋が西軍につくことも予想される。そこで一か八かの賭けに出た。

鉄砲隊の一部を松尾山の麓《ふもと》に移動させ、秀秋の陣営に向けて一斉射撃に出たのである。これは大変危険な賭けである。もし、秀秋がひとかどの武将ならば、侮辱されたと思って裏切りをやめ、東軍に襲いかかってくるやもしれぬのである。そうなれば敗北しかない。

しかし秀秋に対しては、この威嚇《いかく》が何にもまして効果があった。家康が怒っていると恐れた秀秋は、裏切りへの舵を切った。

決戦

（一）

これより前、西軍の主力である石田三成・小西行長・宇喜多秀家・島津義弘の諸隊は大垣城にあり、その西方の関ヶ原盆地の東口にあたる南宮山には毛利秀元本隊・吉川広家《きっかわひろいえ》・安国寺恵瓊《あんこくじえけい》・長束正家、また関ヶ原の西部山地には大谷吉継・小早川秀秋などの部隊が到着していた。

この九月十四日の正午、家康はついに前線である赤坂に到着した。七月の下旬、三成挙兵の報に接し、そのあと小山から江戸に戻りここ赤坂に到着するまで四十日以上が経過していた。

「内府が、赤坂に来た」

という報は大垣城にいる諸将を震撼《しんかん》させた。かれらは、家康は会津の上杉景勝や常陸の佐竹義宣《よしのぶ》に牽制されており、当分は美濃には来られぬと聞かされていた。三成自身が、「影武者ではないか」と疑ったほどである。

「やはり内府だ」

陣中はその一事で動揺した。家康が武略の点で群雄からはるかに抜きんでた人物であるとの畏怖感《いふかん》と、家康が着陣したとなればその直属部隊四万～五万人の兵力が敵に加わるという数量からくる恐怖感が将士間に漂った。

(正直なものだ)

左近は苦笑いせずにはいられない。

この味方の動揺は、そのまま総指揮官の三成への評価であり、三成が家康に及ぶ男であるとは誰しも思っていないという証拠でもあった。これが人の評価の現実である以上、味方を叱りつけるわけにもゆかない。

西軍は大垣城に籠って東軍と戦い、そのうちに大坂から毛利輝元を総大将とする援軍を到着させ、東西から挟み討ちにするという作戦を立てた。

「無駄にござりましょう」

と、左近は三成に言った。

「毛利家は創始者元就《もとなり》公の遺言に従い、山陰山陽を侵犯する者に対しての防衛はすれども、領外に出て天下《ご》を狙うなどという行為は取ろうにも慣れておりませぬ」

左近はさらに独《ひと》り言ちた。

「結局、輝元様はご出馬なされますまい」

「だとすれば、これほど馬鹿げた話はないぞ」

三成は左近に言い返した。怒りかつ憐れんでいる。左近にではなく輝元に対してである。

「もし西軍が負けた場合、家康は毛利家とその領土を処分するであろうよ。山陰山陽にまたがるあの大領土を取り上げぬ限り、東軍の論功行賞において功臣に分け与える領地が出てこぬではないか。日本中の土地を勘定してみれば分かることではないか」

明敏な三成の頭脳は、客観性を持たせるためとはいえ自軍の敗退をも想像している。

このとき、家康本陣に夜襲をかけようと提案する武将がいた。島津維新入道義弘である。

副将の島津豊久を使者に立てて、

「『おおよそ戦いは、正を以て合い、奇を以て勝つ』と孫子が言うておるごとくに、定石通りの正攻法で敵と合戦するとしても、状況の変化に適応した奇法で勝つことも必要でござろう。まさに今がその時……。早々に内府の陣に夜襲をかけ申そう。もしご同心下さればわが島津隊が先鋒を承ってもよろしゅうござる」

と言ってきた。

「軍議に従ってもらいたし。夜襲も結構であるが、古来夜襲は小部隊で大軍に仕掛けるときの戦法で、今日の場合は採用しがたし」

三成はにべもなくこれを拒否した。

「『兵の形は実を避けて虚を撃つ』ともいう。孫子の兵法の広がりを奴は知らぬのじゃ。それならば当方の策に謙虚に耳を傾ければいいものを……。所詮、利口者に過ぎぬ……」

武将としての才能も戦歴も三成に勝る維新入道は自尊心を傷つけられ、以降三成の意向を無視するようになる。

一方の家康は、大垣城を包囲攻撃していたずらに時間を費やすのを嫌い、籠城軍を野戦に引き出そうとした。そこで赤坂には一部の部隊を配し、主力は中山道を西進して、三成の居城佐和山城を攻略し、さらに進んで大坂城を攻めるという動きを見せた。

この家康の陽動作戦に大垣城の西軍は嵌《はま》った。

「敵は佐和山城を攻めたのち、大坂に向かうらしい」

という、三成にとって驚くべき諜報がもたらされた。さらに敵陣は簡単な構えであるという。

（はて一夜陣か）

左近は経験でそう思った。赤坂に一夜泊まるだけの防備だとすれば、家康西上の情報は、謀略によるものとは考えにくい。

左近は三成にそのことを告げた。

三成は大垣城の広間で宇喜多秀家らと軍議を開いた。

「左近いかがすべきか」

と、戦国三大兵法家のひとりの知恵を頼った。

「敵の西上が紛《まぎ》れもない事実とすれば答えは一つにござります。敵に先んじて要害の場で待ち伏せして決戦を挑み、一挙に雌雄《しゆう》を決するにしかず、でござります」

左近は傍らの布陣図を指し示しつつ、右手で陣形を描いてみせた。

「大垣の西方三里（約十二キロ）にある関ヶ原こそ絶好の場所にござりましょう。東軍が西上するとすれば、この地を通過せざるを得ませぬ。ついで地形でとらえても、池に縁《ふち》があるがごとく関ヶ原も低い山で縁どられております。その山々の麓に先着して陣取れば、地の利は十分に活かせましょう」

三成も秀家も異論はない。

九月十四日夜、降りしきる雨の中、大垣城の三成は全軍を城外に出し、関ヶ原に移動させた。

（東軍は東から西に向かう）

との仮想を前提に、三成は近江に至る関ヶ原の出口にあたる笹尾山に陣取った。

家康が強引に突破しようと関ヶ原に入れば、まず後方の南宮山の毛利本隊が退路を断ち、石田隊・宇喜多隊・小早川隊が包囲して集中攻撃する。そうなれば家康は袋の鼠《ねずみ》となり討ち取るのは容易《たやす》い。それが三成の計算である。

東軍はそのあとを追うように関ヶ原盆地に入り、家康は盆地を西方に見おろす桃配《くばり》山《やま》に本陣を構えた。背後に南宮山を有する桃配山に本陣を据えたということは、つまり家康は絶対に毛利本隊の攻撃はないと確信していたということでもある。

なお、これから三百年後、ドイツ参謀本部のメッケル少佐は、関ヶ原の布陣を見て、西軍の勝利だと断じた。東軍が勝ったと言っても信じない。裏切りの話をしてやっと東軍勝利を納得したという。

（二）

こうして戦闘は九月十五日辰の刻（午前八時）頃に始まった。東軍は狭い盆地の底に集まっているのに対し、西軍は周辺の高地からこれを挟み撃ちするかたちになっている。

家康の本陣の背後に当たる南宮山に陣取る毛利隊が動いたとすれば、東軍は苦戦を強いられる以上に悲惨であったであろう。ところが、その最前線にいた吉川広家はすでに家康に内通しており、不参加というかたちで東軍に味方した。そのためにその後方に位置する毛利秀元率いる毛利本隊や安国寺・長束・長曾我部の諸隊も戦闘に参加できない状態となった。

広家はすぐれて現実主義者である。

（仮に三成に味方して勝ったとしても、総大将の輝元は凡庸《ぼんよう》であり、その後の天下は乱れるだけであろう。家康が勝てば戦後六十余州は治まるであろう。ならば家康に恩を売っておいたほうがよかろう）

と考えていた。

緒戦は宇喜多隊も、大将自身は決して軍事が得意ではない石田隊も、東軍相手に一歩も引けを取らないどころか、むしろ押し気味であった。西軍の気魄が勝り、福島隊・黒田隊を押しまくっていた。ことに石田隊の指揮は島左近・蒲生郷舎《がもうさといえ》といった猛者《もさ》がとっており、関ヶ原における石田隊の奮戦は後の語り草になるほどであった。

三成は、島津隊に攻撃参加を要請した。

しかし、島津隊は再三の要請にもかかわらず動こうとはしない。三成は愕然《がくぜん》とした。この時まで三成は維新入道が参加を取りやめるほどに臍《へそ》を曲げていることに全く気付いていなかった。

三成はそこで狼煙《のろし》を上げさせた。

南宮山上の毛利本隊や、松尾山上の小早川隊に参戦を促したのである。しかし、両隊は全く動く気配を見せない。せめて松尾山の小早川隊だけでも参戦して、福島隊や黒田隊を攻撃したならば、東軍は総崩れになること必定といえた。

しかし、両隊は何度狼煙を上げて督促しても動こうとはしなかった。

西軍は決定的な勝機をものにすることはできなかったが、その後も押しつ押されつの膠着《こうちゃく》状態が続いた。

秀吉をして「刑部少輔に百万の兵を与えて暴れさせたい」と言わしめた大谷吉継の

率いる一軍は、朝から奮戦しており、藤川の流れを渡って敵中に突出し、東軍の藤堂高虎隊や京極高知隊を一手に引き受けて追い散らしていた。

吉継のこの日のいでたちは異様である。病で崩れた顔を覆い隠すために紺色の絹袋で覆《おお》い、両眼だけを出している。兜《かぶと》はかぶらず、鎧《よろい》は着用せずに色布を纏《まと》い、その上に鎧の模様を描いている。

馬にも乗れないため、屈強な者どもに板輿《いたごし》を担がせ、

「進めや……！」

と大声を発して敵陣へ乗り入れさせてゆく。

目は霞《かす》んで見えない。味方の将士は、鬼神と化した吉継に魅入られ、雑兵に至るまで躊躇《ためら》いがない。もしこのまま事態が推移すれば、関ヶ原西南角の戦場は西軍の勝利に終わるかに見えた。

正午頃になって戦局が大きく動いた。

突如、松尾山に陣取る小早川秀秋が東軍に寝返り、同じ西軍の大谷吉継隊を攻撃したのである。この裏切りを吉継はある程度予測していた。

供回りの叫び声で、秀秋の裏切りを悟った吉継は、即座に藤堂・京極隊との戦闘を放棄し、たった今右側面に現れた小早川の大軍と対峙した。

「裏切り者の金吾だけは許さじ……裏切り者を崩せ。いちずに金吾の旗のみをめがけよ。金吾を地獄に落とせ……！」

と叫びつつ敵陣へ乗り込む吉継の声や姿に鬼神が乗り移り、大谷勢は死兵と化した。しかし、多勢に無勢でどうにもならない。そのうえ、日和見《ひよりみ》していた脇坂、小川、朽木、赤座の各隊も一斉に裏切ったため、防戦一方となった。

吉継は見えぬ目を閉じて頷き、戦《いくさ》の終わりを悟った。

(この一瞬から豊臣の世が終わり、徳川の世が来るであろう。これまでじゃな)

吉継の覚悟は定まった。

裏切り者の出現に西軍の陣営はすっかり混乱し、これを機に東軍は一斉攻撃をかけた。小西行長隊がまず壊滅し、宇喜多隊も側面から攻撃を受けて敗走し、大谷吉継隊も全滅した。

島津隊は、全てが終わってから、悠々と敵ばかりの戦場を撤退し始めた。しかも家康本陣を突くという挑発的な撤退である。福島隊、黒田隊、小早川隊や徳川譜代の本多忠勝隊、井伊直政隊が群がるように後を追った。

島津勢は激闘の末、伊勢街道に脱出したときには、千六百の軍勢がわずか八十ほどとなっていた。甥の豊久は死んだが、維新入道は無事に国許《くにもと》薩摩まで帰り着いた。

（三）

石田隊は毛利勢や島津勢に一縷《いちる》の希望《のぞみ》を託しつつ踏みとどまっていたが、次第に周囲は敵ばかりとなっていった。左近は、自分の生涯の最後を装飾するための仕事にとりかかろうとしていた。

まず、三成を戦場から脱出させるための防戦をしなければならない。同時に、武辺をもって天下に名を轟《とどろ》かした己の死を、もっとも華やかにする必要がある。

乱世を生き抜いてきた男として、生涯の夢を懸けたこの大勝負の決戦場こそ、またとない絶好の死に場所と心得ていた。

(内府の本陣を衝く)

自軍の士卒の生き残りを目分量で数えると百余人である。

「五、六人でよい。儂《わし》とともに死を願うものは残れ。他の者は、この戦場から逃れてどこぞで生き抜け」

左近は言った。が、士卒のことごとくが、この死の突撃を志願した。武士道が確立していないこの時期としては、誠に稀有《けう》な現象といえる。

「お主ら、揃いも揃って物好き揃いじゃて」

左近は嬉しそうに笑い、涙を溜めて突撃参加を許した。

一方、使いを三成のもとに走らせて、戦場を離れて次を期すよう進言した。

全ての準備を終えると、家康本陣を指して軍配を下ろした。

「ここが死に場所ぞ……! 者ども……かかれ……」

やがてあちこちから法螺貝の音が鳴り響いた。家康が戦闘の中止を命じたのである。時は、未《ひつじ》の刻(午後二時半)。六時間半に及んだ戦いは、結局東軍の圧勝で終わった。

(四)

「落ちる」

三成は、具足を取り払い、髪をわざと乱して、土民の装束を身に着けた。三成は何ら恥じるところがない。落ち延び、生き延び、機会を得て再び家康討滅の挙に出る気でいる。

「左近によしなに伝えよ」

三成はそう使者に言うと、幔幕《まんまく》の背後に出た。

そのあとを近習の磯野平三郎、渡辺甚平、塩野清助の三人が追った。しかし、背後の笹尾山中に入ると、三人の同行を許さなかった。

「別々に落ちよ」

と、凛とした声で厳しく命じた。

三成にすれば、落ちると決めた以上は、身一つで草木の中に紛れ込むほうが安全に思えた。

「儂《わし》は、生きてもう一度やらねばならぬことがある。儂を活かすために離れよ」

と、叱り続けた。供を続けることを哀願し続けていた三人は、やむなく山中で踏みとどまった。

「よう聞き分けてくれた。儂がいつか旗を揚げた日にまた会おう」

三成は微笑んだかと思うと、身を翻《ひるがえ》して伊吹の山中に消えた。

目的地は大坂である。大坂城を舞台に籠城作戦を取り、家康と今一度対戦することを夢見つつ木立《こだち》の間を彷徨《さまよ》った。

（頼朝もそうだった）

三成には、それが救いであった。『源平盛衰記』を愛読し、ほとんど暗唱するまでになっていた三成にとって、挙兵早々石橋山で敗れた頼朝の運命こそ、今は己《おのれ》の生を支える唯一の希望《のぞみ》となっていた。頼朝は身一つで安房に逃れたが、その地の豪族に擁立されて、ついには平家を滅ぼした。

（儂も生きぬいて……）

三成という男の執念は、一介の武将として関ヶ原の戦いを企画したときよりも、敗戦し、落去するときに、より凄まじく発揮された。

（西の道は探索の目が光っていよう。大迂回して琵琶湖を北から回り丹波から摂津に入る）

決めれば一途に実行するのも三成の様《さま》である。


三成の体は尋常ではない。何せ、関ヶ原前夜に大垣城を出て以来、下痢のため一粒の米も食べていないのである。しかも、ほとんど一睡もせずに朝から合戦を指揮し、半日戦いを続け、その挙句《あげく》の落去であり、体力の限界をとうに超えていた。気力のみで山道を歩いている。

二日、三日と経つうちに、病状はいよいよ悪化し、死のうかと思った。

（儂《わし》が死ねば、家康が生きる）

それだけは避けねばならぬという執念だけが、その五体を支えていた。

旧領の古橋という村を通りかかった。三成は領民の顔さえ覚えているほど領内の治政に熱心だった。自然と領民に慕われていた。


勝利者の家康は、三成捜索の手を尽くしていた。その捜索の責任者として近江出身の田中吉政を「近江の土地に詳しい」ということで選んだ。

田中吉政はその麾下《きか》三千人の兵を国中にばらまくとともに、触《ふ》れも回していた。

触れというのは、

「もし一村がかりで捕えた場合、その村の年貢を永久に免ずる」

「捕えられずに討ち果たしてしまった場合は、その殊勲者に黄金百枚を進呈する」

「逆にもし彼を隠した場合、その者だけでなく、家族親族および一村を処刑する」

というものであった。

(世には不思議な人間もいる)

と、三成は思わざるを得ない。

この一帯を領していたとき、かけた配慮を領民は覚えており、触れに抵抗して三成を匿《かくま》ったのである。与次郎太夫という者は、家族や村を連座から免《まぬが》れさすために、妻子を離縁し、持山にある窟《いわや》を居として介抱した。

(これこそが儂が追い求めていた義である)

義の情緒を、この貧相な中年の百姓は持っている。この行為によってこの百姓が得る利益は皆無であり、被《こうむ》る災いは無限である。

「与次郎太夫、すまぬ」

「何を仰せか、あのとき頂戴した米百石がなければ村の者は皆飢えたのでございます。

そのご恩返しです。さようなもったいなきお言葉はご無用に願います」

窟の中で、ようやく体が癒《い》えてきた。

与次郎太夫が村から得てきた情報によると、追手は隣村まで来ており、ここが見つかるのも時間の問題だという。

「お逃げなさいまし」

と、この百姓は三成を叱咤《しった》した。

「そのほうの義を、義で返したい」

と、三成は言った。いまここで逃げれば与次郎太夫は処刑されるであろう。それは義ではない。儂が逃げれば不義である。それでは、家康と同じではないか。

「儂《わし》の名誉を救うと思い、兵部大輔（田中吉政）のもとにゆき、儂の所在を告げよ」

三成は、与次郎太夫を繰り返し説得した。ついに与次郎太夫は訴え出た。

追捕使がこの洞窟に来るのを待った。その間、自刃することは一瞬たりとも考えなかった。

（古に頼朝あり、今に三成がある）

大津城

（一）

正信は近江の大津城を宿陣にして留まっている。

昨夜、三成捕縛《ほばく》の報を聞き、身柄の来着を待っていた。

「どう扱うのがもっとも有効であろうか」

正信は家康に問われた。

「まず、戦いの終わりを象徴的にお示しなさりませ」

折からの北風に鯑雲《たなび》が流され、本陣前では東軍諸侯の陣幕が勝者の誇りを煽《あお》るかのようにハタハタと棚引いている。

その間を田中吉政は、虜囚《りょしゅう》の輿《こし》を従えて馬で進み、本陣の前に到着すると、馬から降りて出迎えの床几代《しょうぎだい》、本多上野介正純《こうずけのすけまさずみ》に向かって声高に言上した。

「石田治部少輔三成を召し連れましたればお受け取りを」

「お役目ご苦労に存ずる。本多上野介、確かにお受け取りつかまつった」

それだけの挨拶で、三成は徳川家の家臣本多正純に渡され、吉政は従者とともに、本陣の入り口に並んで控えた。

正純は、父でもある正信から言い渡されていた。

「遇し方がいまだ定まらぬゆえ、とりあえず城門の脇に筵《むしろ》一枚を敷き、そこへ座らせておけ」

正純は命じられた通り、三成に縄をかけ城門の傍らに筵を敷いて座らせた。

正信は東軍に味方した諸将がこの日家康に挨拶にくることを計算に入れていた。ごく偶然のかたちで三成を生き曝《ざら》しにしようとしたのである。登城してくる豊臣家諸侯は、三成を馬上から見下ろすであろう。

(それにより豊臣家の権威が崩れ落ち、徳川家の威望が高まるであろう)


最初にやってきたのは細川忠興《ただおき》である。

忠興も妻の珠《たま》(ガラシャ)を殺した三成をことさらに憎んでいたが、

(この期《ご》に及んでは、文人の名を穢《けが》さぬことこそ大事なり)

と素早く計算した。

「治部少輔殿、ご苦労にござった」

と、一言のみ発して颯爽《さっそう》と通り過ぎた。


次にやってきたのが、関ヶ原にて大激戦を演じた福島正則である。

戦勝の祝い酒で昼間から酔いが回っている。

「汝《うぬ》は治部少か。哀れなる末路よのう」

「おぬしのような知恵足らずに話す言葉はないわ。早う行け。目障りじゃ」

「治部少、何ゆえ死なぬ。何ゆえ縄目を受けてなおも生き恥を晒《さら》すのじゃ」

三成は、頬《ほお》は削げ落ちていたが、両眼に気魄《きはく》をこめ、正則を睨《にら》み付けた。

「英雄たるものは最後の瞬間まで生を思い、機会を待つものである」

「この期に及んで何をぬかす」

「左衛門太夫、心得ておけよ。この一連の動きを泉下《せんか》の太閤殿下にご報告つかまつるゆえにな」

三成は、秀吉在世当時もその監査人的な性格のために諸将に嫌われたが、今や筵《むしろ》の上に座らせられながら、馬上の勝利者どもを検分する気魄だけは微塵も衰えていない。

「世迷言《よまいごと》をぬかしおって……」

正則は馬の尻に鞭を打って去っていった。

次に来たのは、黒田長政である。

家康から関ヶ原勝利の第一功労者と称《たた》えられたこの男は縄をかけられた三成を見かけるや、馬を降りて片膝をつき、おもむろに右手を三成の左肩にあてた。

「三成殿、戦の勝敗は天のみが知るもの。たまたまわれらが勝っただけのこと。それだけじゃ」

長政は後世を意識した。ここは演じ切らねばならぬ。

「五奉行のうち随一といわれた貴殿がかかる姿になられようとは……、かえすがえすもご無念でござろうな」

長政は三成の肩に置いた右手をずらして手を取ると、その冷たさに驚き、自分の着ていた羽織を三成に着せ掛けた。

（儂《わし》を憎み、斬り捨てて肉を喰らいたいとまで言っていたくせに……）

三成は、そう思いながらも、思わぬ優しさを拒絶しなかった。凝然《ぎょうぜん》と一点を見据えて何も言わなかった。

（ここで三成からあらぬ罵倒を受け己の尊厳を傷つけられては叶わぬ）

という思いも長政にはある。しかし、目の前の三成に同情する気持ちも本心である。

ともかく長政は、羽織一枚で三成の口を封じた。

いそいそと一人の人物が隠れるように反対側を向いて馬足を速めて通り過ぎようとした。

三成は見逃さなかった。

「金吾かっ！」

三成は衰弱《すいじゃく》した体のどこから出るかと思えるような大声で小早川秀秋の名を呼んだ。

「まことにあさましや……。汝《うぬ》は太閤殿下のご縁者であり、ご恩を最も受けた身でありながら、豊臣家に背《そむ》かんとする古狸に加担し、盟友を裏切りおった。汝の醜名《しゅうめい》は永遠に語り継がれるであろう。儂が鬼門に入って後は、恨み殺してくれようぞ。わかったか！」

三成の一喝《いっかつ》に秀秋は、息絶え絶えに本丸への坂を逃げ上った。

（二）

正信は、門前での一連の流れを家康に報告した。

「そろそろ三成めに会われるべき頃合いかと。ここからは上様の度量を見せる番にござります」

正信は取次の者に命じた。

「くれぐれも丁重に扱うのじゃぞ。縄は解いておくようにの」

笑いを見せまいとひとつ咳をして、家康の方へ向き直った。

「捨て曝《ざら》しの効用は十分でござりましたな。これで全国の諸将に豊臣の終わりを印象づけることができたかと思われます」

「あとは軍門の礼をもって三成を遇せねばならぬの」

「御意にござります。さすれば皆が徳川の世を期待しましょうぞ」

家康は三成の前に座った。

庭先の砂利の上に座らせられた三成は無言のまま、眼力いっぱいに家康を睨みつけた。かかる姿になっても、この男は豊臣家の威信を一身に背負う凄まじき執念を持ち合わせている。

家康も無言で三成の見事な様《さま》に敬意を表している。そう周りに思わせている。詰めの演技にも余念がない。

「治部少殿」

家康は笑うこともなかったが、怒った様子も見せなかった。

「儂《わし》の耳に入ったところによると、御事《おこと》は大垣城以来、関ヶ原においても、またその後の逃走の間もずっと腹を壊されて苦しまれていたそうな。戦の際にはよくあることとは言うものの心せねばなりませぬぞ。生米《なまごめ》は十分に水に浸して、膨《ふく》れたところで食せぬと必ず下痢を起こすものですぞ」

三成は凝然《ぎょうぜん》と家康を見つめるだけで何も答えない。

（これは獲物《えもの》を嬲《なぶ》る鷹の眼だ。老狸め、儂を小僧扱いするつもりか）

「未だ治まらねば、儂がよい薬草を持っておるゆえ差し上げるが……」

「………」

「治部少殿、勝ち負けは時の運でもござる。この家康は敗軍の将である御事を良しなに取り計らい申す所存じゃ」

「かくなりしうえは、いかように取り扱われようと構いはせぬ」

家康はニヤリと小笑いした。

「そうか、それでは御事の言葉に従うとするかの……。久五郎はおらぬか」

「はッ」

鳥居久五郎成次。父は伏見城で西軍の集中攻撃を一身に受け、それでも激しく抵抗し、徳川家に殉じた典型的な三河武士である。

「この家康にも忘れ得ぬ出来事がある。秀頼様の命により上杉討伐に東上する折、そなたの父彦右衛門元忠と交わした最後の盃のことじゃ。彦右衛門は伏見城と生死を共にする覚悟で、徳川家に殉じてくれた。儂が一番頼りにできる家臣じゃった。治部少殿があぁ申されておるゆえ、身柄はそちに預けるぞ」

「ははッ」

「その方おのれの陣屋に戻り、治部少殿のお志を無視せぬように処置いたせ」

（三）

（しまった）

三成は不用意な発言をしたことを後悔した。

（豊臣家のために最後まで戦い抜いた西軍の総大将として堂々と徳川の非を並べ立てたうえで処刑されるつもりが、鳥居成次の「父の仇」の地位に蹴落とされて討たれることになろうとは……）

事態がこうなってしまった以上、わが身の処置は成次に任せるよりほかにない。家康の見事な切り返しに敗れたのだ。

鳥居成次の陣屋は徳川家重臣本多忠勝の陣屋と隣り合わせである。家康が故元忠によせる哀惜の念が成次を大切な譜代として扱わせていることが分かる。三成を陣屋まで連れ帰ると、成次は警備を増やすよう厳命してから、三成を奥の一室に案内した。

部屋に入るや否や、

「縄を解け」

と、こわばった声で近侍《きんじ》に命じた。

鳥居久五郎はまだ若い。三成の方から口を開いた。

「戦国の常とは申せ、父御《てて ご》を討ったのはこの三成にござる。父の仇にいささかの手心も無用でござるぞ」

三成の覚悟を聞いた成次はキラリと一瞥すると目を夜空に向けた。

（迂闊《う かつ》なことを言うまいと用心しているのであろうか）

と思ったときに、

「では、ごゆるりとなさりませ」

とだけ言って部屋を出た。

風呂や着替え、それに食事の用意を近侍に命じていた。それらの行為に甘えた三成は久々に気分が解《ほぐ》れた。

（末期の水か）

と思いつつも、成次への警戒心は薄れていった。

「この三成、ご尊父に何らの私怨《し えん》があるものではござらぬ。このことだけはご了解くだされ」

「存じてござる。実はさらに膳部《ぜん ぶ》を飾ろうと思うてござるが、魚鳥は心なきことと控えた次第にてござる」

（もしや、この若者は儂《わし》が腹をこわしているから魚鳥を控えたのではなく、儂の一族の死滅を悔やんでの上で……)

成次が自ら茶を運んできた。

「成次殿、さきほど申された魚鳥を控えなされた、その意味するところは……」

「ご一族が佐和山城にお果てになられて初七日……と心得てござれば」

「儂《わし》が憎くはござらぬか」

「いかにも憎い」

「では、この身を存分に処断なさるがよい。儂は御事《おこと》に会えて嬉しかった。風呂を貰い、髪を整え、衣服を恵まれ、初七日の心遣いまで受けた。御事を決して恨みはせぬ」

「石田殿をわが手で処分したならば上様に叱られまする」

「御事は内府から、わが身の処断を一任されたではござらぬか」

三成は、成次が家康のことを「上様」と呼んだのを問題にすることさえ忘れた。

「石田殿の身を預けられたと心得おりまする」

成次は、いったん庭先に目をやり、改めて姿勢を正した。

「上様は、石田殿を憎むものが多数おるゆえに、不心得な行動を起こさぬように私怨ならば一番深い某《それがし》に預けられた。なればこそ屋敷の周りの警護を固めた次第にござる」

「御事は何ゆえ内府の気持ちが分かるのじゃ」

「これはしたり……われらは父祖代々の主従でござるぞ」

「しかし、儂には内府の言葉はそうは受け取れなんだ」

「石田殿はわが父の仇である以上に、東軍すべての敵の大将にござる。それゆえ、上様が成敗せよと本気で仰せられたとしても、そうしてしまっては父の死が卑小なものになりまする。父はひとりの石田殿と戦ったのではなく、天下のために孤塁を死守して果てたものにござります」

成次は襟を正した。

「上様はそこいらの按配を十分承知にござる」

三成はこのとき心底身震いした。

（負けた……）

三成は、成次のような譜代の家臣を持つ家康が心の底から羨ましかった。

安国寺恵瓊、小西行長も捕えられて大津城に送られてきた。

家康は満足して、行軍の令を発して二十七日に大坂に入った。

（四）

「最後に落としなさりませ」

正信が戦いの締めくくりを論じた。

「豊臣家の本拠地大坂にて、太閤の寵を受けて権勢を誇った三成をその道具といたしましょう」

二十九日に、三成を含めた三名は縛され、駄馬に乗せられて、大坂と堺の町を引き回された。それぞれ首には鉄輪をはめられ、辻々で罪状を読み上げられた。

十月一日には京でも同様の措置が執り行われた。

装束も白と赤の縞模様《しまもよう》の派手で滑稽《こっけい》なものに着せ替えられた。三成が威厳を示そうにももはやどうにもならない体《てい》である。

「まだ処刑するには早すぎまする。いましばらく三成らには頑張ってもらわねば……」

京では駄馬ではなく、檻《おり》に入れられたまま担がれた。三つの檻は、室町通から寺町に入り、六条河原の処刑場についた。

三成は喉《のど》がからからであった。

「湯を所望したいが……」

護送役人に声をかけたが、湯はないらしく、

「干し柿ならあるゆえ、代わりにこれを食されよ」

と、役人は家畜に餌でも与えるかのように投げ与えた。

三成は、「柿は、痰《たん》の毒である」と、鋭く言った。

「今から首を落とされようという者が、何を詮《せん》なきことを申すか」

役人は高笑った。

「下郎控えよ。儂は義のために老賊家康を討とうとした。しかし、志相成らず、今こうして刑場にある。が、一世のことは凡知ではわからぬ。この先どうなるかは天のみぞ知る。それゆえ、生を養い毒を厭《いと》うのである」

三成は爽《さわ》やかに弁じた。

辞世の句も読まずに言った。

「泉下で太閤殿下に謁見する。それのみが楽しみである」

言い終わると同時に白刃《はくじん》が煌《きら》めいた。

砂の上に落ちた首は目を開いたまま夢を見ているかのようであった。

(五)

「終わったな」

家康は満天の星を眺めて独《ひと》り言《ご》ちた。

(上様は、これからの難題に対処するために、一瞬でも一息つかれたいのであろう)

正信には、徳川本隊を温存させたうえで豊臣家臣同士による関ヶ原の戦いを終えた家康の苦労がいやというほどわかる。休んでいただきたいが、今はそうにもいかない。

「黒田如水（官兵衛）、毛利輝元、島津義弘、そして本丸の淀殿・秀頼母子がおわします」

まだまだ片付けられねばならぬことが山ほどあると家康に念を押した。

「島津か……。関ヶ原では肝を潰《つぶ》されそうになったわ」

関ヶ原で〝あわや〟という目に遭わされ、「薩摩恐るべし」という恐怖心が残る家康は、島津のことから反応した。

島津維新入道は国許に撤退し辺境を固め防戦の用意をすると、家老を家康のもとに送り謝罪外交を始めた。

「認めぬわけにはまいりますまい」

正信はため息をついた。

「罪を許せ、そして領土は削るな、一寸でも削れば決戦に及ぶ、というのが奴らの言い分でござります。これは謝罪ではなく脅しのようでござりますな」

関ヶ原で勇猛果敢な薩摩武士を現に見ているだけに、妙に腑に落ちる謝罪である。

「恫喝《どうかつ》を秘めた謝罪か」

家康も笑わざるを得ない。

「ここで戦後の処理を長引かせれば、諸大名が動揺いたしましょう。領国を安堵するしかござりますまい」

関ヶ原で東軍勝利に決定的に重要な役回りを演じたのは黒田長政である。福島正則、小早川秀秋を東軍に味方させ、毛利の「不参戦」を演出した。

家康は戦いの直後に長政の手を取って、

「子々孫々、黒田家は疎略にしない」

という感状まで与えて、中津十八万石から福岡五十二万石へ大幅に加増した。

その長政を「日本一の大馬鹿者」と罵《ののし》った人物こそ、長政の父黒田如水（官兵衛）である。彼にあっては策謀とは利欲のためというよりもむしろ酒客が酒を愛するがごとくそれを好み、このため如水は一種の仙骨風韻をさえ人に感じさせている。

その如水は関ヶ原の戦いは相当長引くと読んでいた。戦乱に乗じて中津城で挙兵した彼は、九州の諸大名を次々と征服していった。戦が長引けば東西両軍が疲弊するは必定にて、そこに打って出て天下を奪おうと考えたのである。如水にとっては、余命の酔狂でもある。

それがこともあろうに息子長政の働きで夢物語に終わってしまった。

如水は、福岡五十二万石もの大封をもらい意気揚々と引き揚げてきた長政に対し、にこりともしない。

長政が、

「内府がわが手を三度も握られました」

と、家康がいかに感謝したかを自慢したところ、

「その手は左手だったか右手だったか」

と奇妙な質問をした。

長政が、

「右手でした」

と答えると、如水は、

「その時、そちの左手は何をしておったのだ」

と言った。

如水は、

「内府を左手で刺して戦国争乱に戻せば、儂が天下を取ったものを」

と言いたかったのである。

正信は、如水という人間をよくは知らないが、かつて秀吉に、

「わしの死後、天下を取る者は官兵衛だ」

と言わしめた話は聞いており、その策略の見事さにおいて秀吉に対するのと同様に如水にも一目置いていた。

正信が身近に感じる一番の難敵は、秀頼という「切り札」を擁していまなお大坂城に残る毛利輝元である。その輝元が、本多忠勝・井伊直政が署名した「本土安堵の請書」を受け取るとあっさりと退去し、大坂城を家康に明け渡してしまった。

正信は呆れ顔で家康に言った。

「聞きしにまさるバカ殿ぶりでござりますな、輝元公は……。某《それがし》は秀頼公を擁する毛利軍が起ち上がれば、三成嫌いで集まっていた福島正則や加藤清正などの豊臣恩顧の大名らが毛利軍と合力せぬかと、ひそかに恐れておりました」

家康も苦笑いした。

「儂は『毛利の領土を安堵する』などとは約束しておらぬ。あれは本多忠勝らが勝手にやったことじゃ」

正信が応じた。

「ほんに……。毛利の土地を処分せねば、功臣に配る領地がござりませぬ」

こうして薩摩の例外を除いては、西軍の諸大名から没収した領地は、徳川家の直轄地に組み入れたり、また徳川一門や譜代に分け与えたり、東軍に属して手柄のあった外様大名に恩賞として配分するなど、のちの幕藩体制を見据《みす》えての基礎作りに使われた。

関ヶ原で消極的に東軍に味方した毛利家は、百二十万石を四分の一に削られ、防長二国に押し込められた。

薩摩、長州の恨みは幕末に爆発する。薩摩は情報入手の重要性を、長州は徳川に騙《だま》されないことを教訓にして、三百年後に復讐《ふくしゅう》するのである。


正信は、特に譜代と外様の有り様《ありよう》を献策した。

「譜代については、『禄は低く、地位は高く』し、外様大名の場合は、『地位は低く、禄は高く』すれば天下は治まりましょう」

この方針は、江戸時代を通じて不動の鉄則として貫かれた。

徳川本家の直轄領は二百五十五万石から四百万石余に急増し、もはや敵対できる大名はいなくなった。これら貢租徴収の対象地のほかに、主要な都市、港湾、河川、鉱山、山林も直轄地とされた。


「残るは豊臣家のみにござりますが、ひとまず挨拶が必要にござりましょう」

正信の助言に家康は頷いた。

家康は東軍に従事させておいた淀君の側近の大野治長《はるなが》を呼んで口上を申し渡した。

「このたびの事変は、三成や恵瓊らの輩が、口に秀頼公の命を藉《か》るも、幼い秀頼公がかようなことに関わるはずもなく、また淀殿は女性の御身なれば毫《ごう》もあずかり知らぬところと存ずる。されば、この家康においては微塵《みじん》も異心はない。一切はなかったこととしてご安堵なさるように申し上げよ」

治長は淀殿母子にその口上を伝えると、使者を引き連れて大津へ戻ってきた。

使者の言い回しから察すると、淀殿母子は家康の度量に感謝しているらしい。

第九章　大坂城炎上

淀　殿

（一）

淀殿の生まれは近江である。七歳まで小谷城で育った。父親は浅井長政、母親は信長の妹お市の方である。

浅井長政は、同盟関係にある織田信長を裏切り、朝倉義景方についた。信長は朝倉征伐を終えると浅井を攻め滅ぼし、長政は自害し、お市と三人の娘は助けられた。お市は信長を恨むわけにもいかず、実際の攻城軍の司令官である秀吉（当時、木下藤吉郎）を嫌い、三人の娘にもそう言い聞かせた。

天正十年（一五八二）六月二十一日、信長は京の本能寺で配下の武将明智光秀により弑逆《しいぎゃく》され（本能寺の変）、その光秀は秀吉の電撃的な中国大返しにより、山崎の地で討ち取られた。信長の後継者を決めるべく開かれた清洲会議の後、お市は織田家筆頭家老の柴田勝家に嫁ぎ、三人の娘も越前北ノ庄城に移り住んだ。そしてついに日の出の勢いの秀吉と勝家との織田家中最後の戦いが始まった。

北近江の賤ヶ岳で、またもや電撃的な大返しで勝利するや、秀吉は北ノ庄城を取り囲んだ。ついに三人の娘を保護することを条件に、勝家とお市は北ノ庄城とともに炎上した。

最初の地獄図で実父を亡くし、二度目の断末魔で実母を失った。

（なぜあの猿のような男はいつもこうなのか）

と、三人の娘は憎悪というより恐れを感じた。

その後、次女のお初《はつ》は京極家に嫁ぎ、三女のお江《ごう》は徳川秀忠に輿入《こしい》れした。ひとり、長女の茶々は大坂城に残った。いや、秀吉が残したというべきであろう。もともと秀吉はお市を限りなく憧憬《どうけい》しており、そのお市はいつも雲の上にいた。秀吉は、そこに手を届かせようと思ったことはなく、その無理も承知していた。

その生き写しの茶々姫は羽飼《はがい》の中にいる。しかし、秀吉は時間をかけた。三年もの間、寸秒の隙間《すきま》もなく温情を降り注いだ。

（もういいのではないか）

ある日、秀吉は急ぎ大坂城に戻った。明日は京に戻らなければならぬ。

「今宵、戌の刻（夜八時）に渡る。寝所にいよ」

と、乳母を通じて茶々に申し渡した。

ある声である。

「茶々よ、わが子を産め」

寝所に渡るなり、秀吉は早口で言うべきことを言った。同じ貴族でもここらは馬上天下を切り取った武家の棟梁らしく、凛とした張りのある声である。

豊臣関白家を嗣ぐ子を産めとは、秀吉の常套句《じょうとうく》であるが、過去のどの女もその命に背いた。ともあれ、茶々は秀吉を迎え入れるための姿勢をとらされた。

そして迎え入れた。

この瞬間ほどの巨大な事件は豊臣家の家譜のなかで、それ以前にもそれ以後にもなかったであろう。その自然な行為が豊臣家の体質を変えていった。近江閥が、閨《ねや》のなかで成立したのである。

第一子の鶴松は病気で亡くしたものの、第二子の秀頼はすくすくと育っている。

豊臣家の更なる繁栄のために秀頼の将来を安全なものにすることが、近江閥の中心にいる三成の唯一の政治的立場となってゆく。

秀吉もだからこそ、なおさらに三成を重んじた。

慶長三年（一五九八）八月十八日、秀吉が死んだ。

そして関ヶ原の決戦が行われ、天下の権は家康に移った。

家康は関ヶ原で大勝すると、大津城で論功行賞等を行ったあと、戦闘隊形のまま軍勢を率いて西進し、大坂城西ノ丸小天守閣の中に入り、そこを臨時政務所とした。

家康は秀頼に拝謁し、豊臣家筆頭大老という立場で報告した。

「逆徒を、無事に美濃関ヶ原において討滅つかまつりましてござりまする。……」

秀頼は家康の言葉が終わると教えられたとおり、家康の労をねぎらってふくよかな唇を開いた。

「ご苦労」

（二）

正信は豊臣家への対応を家康と謀った。

「しばらくは、淀殿の機嫌をお取りなさりませ」

もし淀殿がつむじを曲げ、秀頼を擁して豊臣系の諸侯に号令すれば、たちどころに天下が乱れ、ついに奪い取ろうとしている天下の権が、その掌中から零《こぼ》れ落ちないとは限らない。

「いかようにするかの」

深く語らなくとも以心伝心の間柄である。

「新年の賀を秀頼公に述べられたほうがよろしかろうと」

家康は慶長八年（一六〇三）秀頼に年賀の礼をとることによって、加藤清正や福島正則以下の旧豊臣系大名の気持ちを鎮まらせた。

周囲を安心させてから、自分の考えを通してゆく老獪《ろうかい》さがすっかり身についた正信である。

「ここからは攻めに転じましょう」

「征夷大将軍になるぞ」

「小牧長久手から、おおよそ二十年、上様は十分待たれました。もはやよろしかろうと存じ上げます」

慶長八年（一六〇三）二月、家康は征夷大将軍の地位に就いた。

ここにおいて家康は、関ヶ原の戦い後も維持し続けてきた江戸における非合法政権を幕府創設ということにおいて正当化することとなり、公然と諸侯を率いて天下に号令することができるようになった。

これ以降、江戸が繁盛し、大坂の城下は寂《さび》れ始めた。豊臣系の大名たちも江戸に屋敷をつくり、その妻子を江戸に住まわせ、家康への自発的な人質とした。もはや家康に反逆せぬという証を天下に公表したのである。

「なに、家康が家来の分際で幕府を開いたというのか」

淀殿は興奮して声を荒らげ、片桐且元《かたぎりかつもと》を責めたてた。

「そなたは嘘《うそ》をつきやったのか」

且元は、こういう場合の諫《いさ》め方を、正信から教わっていた。

「なんの、なんの、将軍職は一代限りにございます。あとは秀頼様にお譲りあそばすご意志にございます」

この時期には、江戸から安芸《あき》への帰り道に福島正則が大坂城に立ち寄り、秀頼と淀殿に拝謁し、よく似たことを言った。

「しばらくのご辛抱《しんぼう》にございまする」

家康は老齢であり老い先短いのに対して、秀頼は若木のように成長している。家康が死ねば天下の諸侯は徳川家への義理もなくなり、豊臣家に実権が戻るというのである。

正則は、自分が家康に売った恩は誰よりも大きいと思っている。

関ヶ原に至る一連の過程で、己が家康に味方したため他の諸侯は安んじて東軍に合力したのだと思っており、事実そういう一面が強い。

「いずれ時機が到来し、徳川が政権を返戻《へんれい》しない場合には、我らが弓矢に訴え出ても御家に政権をお戻し奉りましょう」

「老いた家康（六十二歳）は遠からず死ぬ」

というのは当時の常識からすれば当たり前の話であり、その後に大波乱が起きると誰もが思っていた。むしろ七十二歳まで生きることのほうが不自然といえた。

家康は正則の手に負えるような人物ではないことが、ほどなく明らかになる。

正信は家康から相談を受けた。

「征夷大将軍職を辞する」

「上様、その前にやられておかねばならないことがございまする」

「…………」

「まず、大名たちの徳川家への忠誠度をお試しなされませ。踏み絵を拵《こしら》えましたれば……」

まず、十一歳の秀頼に、七歳の孫娘（秀忠の娘）の千姫を嫁がせ彼らを喜ばせた。翌慶長九年（一六〇四）には、秀吉を祭った豊国社の臨時祭礼も許した。祭りは盛大に行われ、京の町衆は多数参加し、後陽成《ごようぜい》天皇も見物に出かけたほどであったが、大名の参加は一人もなかった。

豊臣恩顧の大名である、加藤清正や福島正則も参加しなかった。

表立って反抗する大名が一人もいなくなったことを見極めると、正信は家康の前に出た。

「頃合いにございます」

家康は就任して二年後の慶長十年（一六〇五）、餅でも投げるかのように将軍職を放り投げ、即日に朝廷へ奏請して嫡子秀忠に将軍職を譲った。もはや、徳川家が豊臣家に政権移譲することはあり得ぬことを天下に公表したのである。

「淀殿の怒り顔が目に浮かびまする」

「なに、怒らしたほうがなにかと好都合じゃて……」

「上様のお人が悪いことよ」

二人は声を押し殺して笑った。

これで、徳川と豊臣は制度上も争わねばならないこととなった。

一時に秀頼公は十三歳になられるとのこと。官位は右大臣であり、あとは関白職に昇るのみにござります。つまり朝廷の権威を傘に諸侯を従える立場となり、武家の棟梁たる上様と衝突せざるを得ないことになりまする」

正信はいったん、家康の目を見た。続きを促しているかのようである。

「豊臣家の、つまり淀殿と秀頼公の度量を見極めねばなりませぬ」

「秀忠の将軍宣下式に秀頼を呼ぶとするか」

「それがよろしゅうござりまする。特に、淀殿は豊臣家を七十万石に減封されたことに憤《いきどお》られているご様子とのこと、さらに徳川の配下につくような今回のご措置にいかに対処されるやら、見ものにござりまする」

「弥八郎、儂《わし》は一時期とはいえ、筆頭大老としてお世話になった豊臣家を潰しとうはない。淀殿母子が分際を弁《わきま》えて、七十万石の所領で平和に暮らすということであれば、認める。いや、断じてお守りする」

「はたして、お二人が徳川家に臣従《しんじゅう》されますやら……」

正信の予感は的中した。

秀頼・淀殿母子は、秀忠将軍宣下式への秀頼の参加こそ渋々行ったものの、徳川家の勝ちを認めて、人質を差し出すことも、大坂城を明け渡すことも承知しなかった。

「弥八郎、儂の願いの第一は天下一統により戦《いくさ》のない平和な世を創出することである。それを邪魔立てする者には容赦はせぬ。心に迷いは残るも豊臣家を徹底的に排除する」

「上様が愛読しておられる『吾妻鑑《あずまかがみ》』には、平清盛公が情けをかけて源頼朝公・義経公の兄弟の命を助けたばかりに、結局は平家を滅ぼされたことが記されておりまする。ここは、非情になられませ」

家康は決して焦りはしない。「待つ」ことは家康の特技である。道筋だけ決めて「鳴かぬなら鳴くまで待とうホトトギス」とした。

天も家康に味方した。豊臣恩顧の大名たちが家康との「長生き競走」に負けて次々と死んでいった。

最大の謎は、加藤清正の死である。五十歳になったばかりの清正は、領国肥後への帰国の途中、発病して急死した。秀頼に影のように寄り添う清正の死は、無言の威嚇《いかく》にもなった。自然と毒殺説が流れた。

「もしや、そちが仕組んだのではあるまいな」

（上様ではないのか）

双方が互いを疑っている。

「某《それがし》は、謀略は好みますが、暗殺は好きではござりませぬ」

双方ともそれ以上の追及はしなかった。

秀吉の義弟の浅野長政、続いてその息子の幸長も二年後に三十八歳の若さで死んだ。真田昌幸も逝った。

天が家康をして天下人になることを認めたかのようである。

大坂城炎上

（一）

慶長十一年（一六〇六）、家康は駿府城を隠居城として大御所政治を敷いた。江戸のことは秀忠に任せ、もっぱら豊臣家や西国大名の仕置きに当たろうとした。ゆえに、最も信頼する正信を秀忠付とし、江戸での家康の代弁者とした。

正信はふた月に一度は、江戸と駿府を往復している。江戸や京と違い、駿府は気候温暖であり、年老いた身には誠にありがたい。駿河湾で採れる海鮮料理に舌鼓《したつづみ》を打つのも楽しく、特に桜海老《さくらえび》をつまみに飲む地元のお酒は格別だと思っている。

しかし、やはり謀略には敵《かな》わない。

「大坂の愚婦愚児などがどうあがこうが、もはや徳川の世が揺らぐことはございますまい」

(やはり、上手い酒だ)

家康と酒を酌み交わして語る謀議が一番の好物だ、と改めて思った。

「不安があるとすれば二点にございます。ひとつは、西国大名どもが野心を起こして秀頼公を担ぎ出しはすまいかということ、ひとつは、豊臣家が持つ凄まじき財宝であり、それらの金銀を使って数十万の浪人を召し抱えはせぬかということにございます」

家康には酒に肴《さかな》は不要であり、おのずと謀議が一番の肴となっている。

「財宝を使い果たすよう仕向けねばならぬな」

「そういうことに適した人物が二、三人ほどおりまする」

「弥八郎の選ぶ人物とは果たしていかに……！」

家康も多少酔いが回ったか、歌舞伎調の節回しで問うた。心底愉快なのであろう。

「林羅山《はやしらざん》に、金地院崇伝《こんちいんすうでん》にございます。儒学の徒に京都五山の禅僧でございますれば、学がありますうえに、われらと同じく謀《はかりごと》に長《た》けておりまする」

慶長十二年（一六〇七）、秀頼は天然痘を患い、一時は死亡説すら流れた。

「かの御仁が逝《ゆ》けば……」

正信が家康に言った。

「存外、ほっとするのはむしろ清正殿や正則殿かもしれませぬな」

両人とも感情の量が大きいだけに豊臣家の衰退に気を病《や》み、自家が傷つかぬ範囲で秀頼を守護しようとしているが、秀頼が自然死すれば彼らとて危ない橋を渡らずにすむ。正信はその機微を言ったのである。が、秀頼は一命をとりとめた。

正信は失望したが、気持ちを安んじる情報も入ってきた。これには家康も喜ぶであろう。

「上様、ご安堵なさりませ。秀頼公が天然痘で生死の間を彷徨《さまよ》われている間、天下の大名は誰一人として秀頼公を見舞わなかったとの由にございまする」

「上様、豊臣家の窮乏化を図れる絶好の機会かもしれませぬぞ」

正信はふと思いついた。噛めば噛むほど絶妙な味が出る案である。

「『秀頼公が天然痘で絶命しようとしたのは、神仏の祟《たた》りである。秀頼公自体に罪はなくても、父親の亡き太閤殿下は天下平定の過程で多くの敵を攻め滅ぼされた。その死霊がとりついたのやもしれぬ。戦乱で焼かれた多くの社寺を復興せねば、悪霊は勢いを増すであろう』との恐怖心を与えるのでございます」

正信は、徳川方の策略とは悟《さと》られぬように諸方面に手を回し、大坂城の奥向きの実権者であり淀殿の乳母でもある大蔵卿局《おおくらきょうのつぼね》の耳に入るように仕向けた。

淀殿と秀頼は愚かにもこの手に乗った。

これより物狂いのような社寺の再建が始まった。京の北野社、出雲の大社、鞍馬の毘沙門堂、河内の誉田《ほんだ》八幡宮、京の東寺南大門、叡山の横川中堂、大坂の四天王寺、山城の石清水八幡宮などなど「右大臣秀頼建立」の記録が見えぬ古社寺は珍しいというほど凄まじきものであった。これらに掛けた費用の大きさは気の遠くなるほどのものであり、淀殿が秀頼の行く末にかけた祈念の深さは、仕掛けた側の正信さえ寒気を覚えるほどのものであった。

（淀殿のわが子への想いもさることながら、それにしても太閤遺金のすごさよ）

正信は鳥肌が立つ思いである。

仕上げは、社寺再建としては最大の「浪費」になるであろう「京の方広寺大仏殿」の再建である。

東大寺より大きな大仏殿を造ろうとの意気込みで秀吉が建てようとした大仏殿は、大地震で呆気《あっけ》なく倒壊した。その時の大仏は木像であったが、秀頼は金銅仏として再建しようというのである。極めて高度の技術を要し費用も嵩《かさ》む。

慶長十九年（一六一四）、大掛かりな工事がほぼ完成し、あとは開眼供養を待つばかりとなった。

「上様、某《それがし》の出番は豊臣家に不安を煽《あお》り立てて金銀を浪費させるところまでにござります。これからの豊臣家潰し策は歴史に残ります。上様を後世の人々が評価することになりますので、学問の裏付けに立った策でなければなりませぬ」

正信が推薦していた林羅山と金地院崇伝が家康の前に呼ばれた。

「お許《こと》らに、過去の歴史や諸学問から編み出される豊臣家滅亡策の策定を命ずる」

三日後、両名は家康の前に出た。正信も傍らに控えた。

まず、崇伝が献策を披露した。

「方広寺大仏殿の大梵鐘《だいぼんしょう》に、僧清韓に撰文させた鐘名が入っております。この文中に、

『国家安康《こっかあんこう》　四海施化《しかいせけ》　万歳伝芳《ばんざいでんぽう》　君臣豊楽《くんしんほうらく》』という句がありまする。一見すれば、国家が安泰であれ、という縁起の良い言葉を並べ立てているように見えまする」

代わって羅山が色付けした。

「見方を変えますと『国家安康』は家康という字を中央で分断しており、首と胴を切り離そうという呪詛調伏《じゅそちょうぶく》を込めたものとも読めまする。さらに『君臣豊楽』は、豊臣を君として楽しむ、と取れまする」

羅山は力を込めた。

「されば秀頼公の反意の意図は明らかなり」

〝曲学阿世《きょくがくあせい》の徒〟の暴論も、「無理が通れば道理が引っ込む」の体《てい》である。

淀殿ら大坂方は困惑し、とりあえず弁明の使者をたてた。片桐且元である。それでも心もとなく且元下向から十日ばかり遅れて大蔵卿局を派遣した。

再度、正信の出番である。さっそく家康に講じた。

「大坂方で肚の座ったものは、七本槍のひとりである且元殿だけにございますれば、大坂方から切り離すいい機会にございまする」

「………」

「上様は、且元殿にはお会いにならず、女どもとのみお会いなされませ」

その二つの使節団が大坂に戻り、淀殿に報告した内容が全く異なっていた。

且元には家康の代理人崇伝と本多正純が会い、

「淀殿を人質として関東へ送る、秀頼が大坂城を出て他国へ移る、秀頼自ら東国へ下って和を乞う、以外に家康の怒りを解く方法がない」

と申し渡した。

一方、大蔵卿局一行には家康自らが会い、世間話ついでに、

「秀頼公は将軍家（秀忠）の娘婿であるゆえ、儂の孫同然であり、また淀殿は将軍家の奥（お江《ごう》）と姉妹であらせられ、儂は害しようとはさらさら思うてはおらぬ」

と毒にも薬にもならぬ話をした。

二つの報告を受け取った淀殿の感情は、直接に家康に会った老女たちの言を信じ、且元に対しては何らかの陰謀を企てていると断じた。

且元には切腹を命じようと召喚《しょうかん》したが、身の危険を感じた且元は一族郎党を率いて大坂城から武装退去し居城の茨木城に籠り、のちに家康側についた。

「狂言の仕上げにございます」

正信は、策謀通り動く現実に恐れさえ感じていた。

「且元に申し渡した『幕府の要求』を大坂方は黙殺したばかりか、使者の片桐殿に切

腹を命じようとさえした。これは明らかに徳川幕府への挑戦である」

正信は家康名で大坂に向けて不満を発し、家康はついに秀頼征討の軍令を下した。

大坂方は狼狽《ろうばい》しつつも急ぎ防戦のために、大規模に浪人を募集した。現役大名は来なかったが、没落大名や有力武将は来た。

長曾我部盛親《ちょうそかべもりちか》、毛利勝永、および真田幸村、後藤又兵衛等々が旧臣を率いて入城した。その他、夥しい数の浪人たちが集まり、これらの浪人衆に豊臣家の直参を含めると、城内の人数は十二万余に膨れ上がった。

一方、家康が諸侯に命じて動員した人数は三十万余であり、関ヶ原の倍の規模となり、一城を攻める人数としては歴史始まって以来の規模となった。

(三)

慶長十九年（一六一四）、家康は大坂城攻撃を命じた。こうして「大坂冬の陣」が始まった。

「かの城を攻め落とすには、お味方に多大の犠牲がともないまする。今回は威嚇だけでよろしいかと。あとは外交で片を付けるが得策かと思われまする」

正信は、野戦では生き生きと活躍するものの城攻めでは難渋する家康に、「脅し」と「城の無力化」を提言した。

「大砲を天守閣めがけて打ち込みましょう。淀殿は怖れて和議を申し込んでくるは必定。その和議の条件として堀を埋めるのでござります」

淀殿の居場所を、今では味方として陣中にいる片桐且元に城内の図で示させ、十二月二十六日の朝、オランダ商人から買い入れていた三門の大砲で一斉に狙い撃ちした。

その一弾が折から主だつ侍女たちが朝茶会を楽しんでいた三の間に落ちた。

この時代の大砲は、中に火薬は入っておらず炸裂《さくれつ》はしないが、命中すれば建物は破壊される。侍女たちは喚叫《かんきょう》し広間を走り回り、淀殿もまたその騒ぎに巻き込まれた。

これで淀殿はすっかり震え上がり、ついに家康の申し出に屈し、和議を承知した。

「気まぐれな姫御の気が変わらぬうちに即座に外堀を埋めなされませ。ついでに内堀も……」

正信は淀殿の気まぐれに付き合わされる大坂方に同情はしつつも、戦術は非情であった。

家康はすぐさま数万の兵力をもって、またたくまに外堀を埋め、その勢いで城内に進入し、二の丸、三の丸の内堀も埋めた。

淀殿は和議条項違反に抗議し、使いを作業現場に遣わしたが聞き入れられず、使いは二条城の正信のもとを訪れた。

「現場責任者は、成瀬隼人正《はやとのしょう》と安藤帯刀《たてわき》の二人にござる。さような態度は断じて許さじ、ときつく叱りつけておきまする」

無論、正信にその気はない。あやふやにして、時間を延ばせばいいだけのことである。

（四）

「大坂冬の陣」が終わった慶長十九年（一六一四）十二月、正信は一足先に京の二条城に戻っていた。翌年の二月に駿府城から二条城に戻ってきた家康に正信は呼ばれた。

「弥八郎、大坂方を再度煽《あお》らねばならぬな」

「いかに淀殿が権力を握っているとはいえ、浪人をもはや抑え切れていないのは明白でござれば、そこにつけ入りましょう」

元和元年（一六一五）三月十二日、京都所司代板倉勝重は、大坂方がふたたび兵粮・弾薬を集め、浪人を募集し、戦争の準備をしている様子があると報告してきた。

その情報を入手した大坂城内の大野治長は、外堀のみならず内堀も埋められたこの段階では和平の道しかないと覚悟を決めていた。

三月二十四日、治長は弁明のための使者を送った。

「ここは頑《かたく》なところをお示しなさりませ」

正信にとっては詰将棋の局面である。

「豊臣家一族が大坂城を出て大和ないし伊勢に移るか、さもなくば浪人をことごとく追放するか、いずれかを選べ」と要求した。

いずれも豊臣家としては受け入れられるものではなかった。

衰えゆく豊臣家にとって、大坂城こそがわずかに残る秀吉の形見であり、過去の栄光であった。浪人追放についても、冬の陣以来、浪人側の発言力が増しており、且元なきあとの譜代の家臣の中にこれを抑え得る者はいなかったのである。

（五）

正信の思惑通り四月に和議が決裂した。

「大坂夏の陣」の勃発である。

外堀と多くの内堀はすでに埋め立てられていた。

「あとはお得意の野戦にござります」

正信は言わずもがなのことを言った。

浪人の身で大坂方についた諸将は、いずれもここが死に場所と心得ていた。

城が裸城となった以上、城を捨てて野外で戦うという自殺的な戦法をとらざるを得ない。

真田幸村、後藤又兵衛、毛利勝永の三人は「三人衆」と呼ばれ、浪人の中では最も有力な武将であった。かれら傭兵《ようへい》たちは阿修羅《あしゅら》と化し、四天王寺口の戦いでは、数度にわたって徳川軍を潰走《かいそう》させた。

この方面の指揮官である真田幸村は、

「いま秀頼公のご出馬があれば……」

との一縷《いちる》の望みを持ったが、淀殿によって絶たれた。

「危ない」

というのが理由である。結局、秀頼は出馬しなかった。

七日の戦闘で、幸村は茶臼山の敵軍の本陣を急襲し、家康をあと一歩のところまで追いつめて震撼《しんかん》させたが、多勢に無勢であり、ついに討たれた。

ここに大坂方の軍勢は総崩れとなり、徳川軍は城門を破って、あちこちに火をつけた。

この時、豊臣方の台所頭大角与右衛門《おおすみよえもん》は寄せ手に内応して本丸御殿の台所に火を放った。裏切ることによって命を長らえようとしたのである。これを合図に、寄せ手が城内に突入し、まず三の丸、次いで二の丸を落とした火の手は本丸、天守閣にも延焼し、ついに天下の名城大坂城は炎上した。

淀殿・秀頼母子は近習、侍女数十人とともに山里曲輪《くるわ》の糒蔵《ほしいぐら》に避難した。

その夜、大野治長は秀頼母子の助命嘆願のため、秀頼夫人の千姫を城外に脱出させた。千姫は父秀忠のもとに帰ってきたが、家康は母子の助命など考えていなかった。恩赦を期待する母子に徳川軍は一斉射撃をもって応じた。望みを絶たれた母子は八日の朝ついに自決した。秀頼二十三歳、淀殿四十九歳（不詳）であった。大野治長、大蔵卿局などもこれに殉じた。

ここに豊臣政権は滅亡した。

天正十年（一五八二）六月、秀吉が山崎の戦で主君信長の仇、明智光秀を討って天下の権を手にしてから、三十三年後であった。

正信は気力を振り絞って非情を演じた。いやな役回りと感じた。

「上様、関ヶ原の場合と異なり、今や徳川に敵対する大名はございませぬ。すなわちいかなる処置をとっても反抗を招くことはもはやございませぬ」

正信は右横の畳の筋を見つめつつ呟《しわぶ》いた。

「天下の主権者たる徳川幕府に一大名が反抗した場合は、いかなる厳罰が与えられるかを知らしめねばなりませぬ」

こうして大坂方の残党は厳しく捜査追及され、秀頼の子国松はわずか八歳で六条河原において処刑され、その他ほうぼうから落人が捕えられては処刑された。関ヶ原のときには三成の子さえ僧侶となって許されたのに比べ、見せしめゆえの残酷な仕置きとなった。

京から伏見にかけ十八列の棚が作られ、一列に千以上の首が晒《さら》されたのである。

（六）

豊臣家滅亡によって、名実ともに覇者となった家康は、朝廷に奏請し、この年の七月十三日から、「元和《げんな》」に改元した。

これによって長期にわたった戦乱の世は終止符が打たれ、「元和偃武《えんぶ》」が実現した。

翌年の元和二年（一六一六）正月二十一日、家康は駿府城を出て終日放鷹《ほうよう》を楽しんだ。

帰り道に用意された茶屋に政商の茶屋四郎次郎が来ており、家康は積もる京坂の状況などを二刻《ふたとき》にわたり目を輝かせながら聞き入った。。

話題が京で流行の話となり、

「近頃京では、テンプラと呼ばれる珍しい料理が流行っております。材料などは持参しておりまするが……」

と、四郎次郎が問いかけると、家康は、「すぐにこれへ」と命じた。

京より連れてきた二人の料理人が、鯛を捌《さば》き揚げ物にした。

家康はよほどうまかったらしく、何枚も口に運んだ。

その夜、激しい腹痛が襲い、一晩中魘《うな》され続けた。やっとのことで駿府城に戻ったが、死を予期した家康は、死後に予想される全てのことに手を打ち、四月十七日黄泉《よみ》に旅立った。享年七十五歳であり、遺骸はひとまず久能山に葬られた。

家康の死は、正信に大きな衝撃を与えた。正信自身が、衰弱しており、家康を見舞えない状態だったのである。

正信は家康と出会えた運命に感謝する一方、己の罪の深さを省みずにはいられなかった。

（人生とはなんという醜悪な罪業の累積で、そのくせ儚《はかな》い喜劇なのであろうか……）

家康が没した五十日後の六月七日、正信もそのあとを追うように没した。七十九歳であった。

いかにも「水魚の交わり」といわれた主従らしい人生の幕引きであった。

〈完〉

あとがき

江戸期の儒学者である荻生徂徠は、「人生の最大の楽しみとは、豆を嚙んで古今の英雄を罵倒することだ」と言ったが、信長・秀吉・家康をセットで比較することほど愉快なことはない。

「鳴かぬなら殺してしまえホトトギス」
「鳴かぬなら鳴かせてみせようホトトギス」
「鳴かぬなら鳴くまで待とうホトトギス」

この三句には人物描写の凄《すご》みがある。

特段の歴史好きでなくとも垣間見たことのある文句であろう。

中心線から多少離れることにある種の快感を覚える筆者は、その家臣を比較すれば歴史がより客観性を帯びて深まるのではなかろうか、との信念のもとに「正信と三成」を主題にして論じていきたいと思った。

まず、「鳴かしてみせよう」に表現される三成の主人秀吉はよほど運のいい男である。秀吉の主君信長は、中世のあらゆる価値体系を破壊するために、戦国大名や宗教勢力はじめ旧勢力の人間を無残に擂《す》り潰《つぶ》していった。秀吉の幸運は、擂り潰された後に出たことである。安定と建設だけを考えていればよかった。

「本能寺の変」のとき、秀吉は最大の敵である毛利討伐のために、夥《おびただ》しい軍勢を信長から貸与されていた。当時、長浜二十二万石の大名に過ぎなかったが、同僚である諸大名を臨時の部下としていた。大軍団の大将として主仇である明智光秀を山崎の戦で破り、勢いそのまま天下への階段を一挙に昇ってしまった。信長の一家臣に過ぎなかった秀吉が天下を取り得た秘密はここにある。そして、彼が天下を取るのを待っていたかのように、日本の諸鉱山の黄金の産出量が飛躍的に上昇した。

次に、「鳴くまで待とう」で言い表される正信の主人家康はどうであろうか。

徳川家康を日本史上最大の人物に仕立て上げた運はただひとつ、彼が三河地方に生まれたということだ。信長も秀吉もそうであった。仮に、中央に遠い西南の薩摩の地に生まれようものなら、ついに穏やかで律義な大名で終わっていたかもしれない。逆に薩摩の島津義弘が東海道沿道のたとえば桑名の地に生まれていたら、その勇猛果敢な家臣団とともに、信長より早く天下に号令したであろう。日本史の政治地理的宿命とはいえまいか。

ただし、家康の律義さは凄まじい。当時の価値観からみれば、三方ヶ原で武田信玄に敗れた瞬間に武田に寝返ってもおかしくないところ、そういう打算的な律義ではなく、生命を懸けたいわば男性的な律義さを持っていた。その律義さが家康の生涯を決定した。

信長の信頼を得たのはいうまでもないが、諸侯に対しても、「徳川殿こそ運命を託して信ずるに足る」と思わせた。

また太閤に律儀に臣従することで、

「家康ほどの実力者が秀吉に膝を屈してくれている」

と、むしろ北政所や秀吉子飼いの武将が感激した。北政所派、武断派あるいは尾張派と呼ばれる荒くれ大名たちがこぞって東軍に参加したのも故なきことではない。

「待つ」というのも家康の特技である。並の人間は待てない、焦る。

家康は小牧長久手の局地戦勝利から十七年かけて関ヶ原を呼び寄せた。そして、関ヶ原から「大坂夏の陣」に到るまでさらに十五年の歳月を待ったのである。

信長が死去したとき、家康は次の天下人を継ぐ資格があるのは自分かもしれないと思った。

織田家臣団を同盟軍の一方の旗頭たる自らがまとめてみせようと思った。柴田勝家、滝川一益など生粋《きっすい》の戦国武将をまとめる自信はあった。

一方、秀吉は大恩ある主人信長の仇を討つことのみ考えた。その一途さに諸大名が懸けた。秀吉はその旨みに目覚めた。彼は、天下は織田家一族ではなくて自らが引き継ぐものとの考えに思いを昇華させた。天下一統の名のもとに……。彼は側近に企画させ自ら断行した。それは天才技である。

家康にとって、まさか秀吉が旗頭になるとは予想だにしていなかった。自分の家臣団の中に秀吉的な存在はおらず、というより彼自身がそういう存在を認めるほど、つまり織田信長ほどの革新的な考えは持ち合わせていなかった。

世間は秀吉を欲した。信長的な先進性を真似る力量を有し、敵をも味方にしてしまう折衝術で、戦いの起こらぬ豊かな社会を到来させ得ると期待した。

その秀吉は、敵を殲滅《せんめつ》するのは稀《まれ》で、大概は懐柔《かいじゅう》した。例えば、殲滅した北条ならば、その土地を徳川にくれてやり、そのかわりに没収した東海の土地を子飼いの大名に配分して、豊臣家を盤石なものにすることができる。しかし、大概は懐柔策により相手の領土を安堵したため、全国の荒くれ大名を抑えていくためには、恩賞たるべき新たな土地が必要となった。

彼は、宣教師からアレクサンダー大王の英雄譚《えいゆうたん》を聞いた。かねて信長から海外展開の話を聞かされていた秀吉は、海外進出を慮《おもんぱか》った。それを三成が企画し、事務化した。秀吉は英雄を夢見た。諸国の大名・将士・兵士は領地拡張の希望を持った。勝てば英雄になれる。負ければ自国さえ衰退化させ、国内でも非難を受けるであろう。天性の楽天家秀吉は、当然のごとく外へ出た。唐入《からい》りである。唐を拠点に天竺《てんじく》・アラビアあたりも脳裏に浮かべた。結果は、凶と出た。


今回の主役の二人に移ろう。

本多正信と石田三成は、非常に似たところがあるように思える。

第一に、その出身が、ともに武士にしても極めて下級の家柄であり、父祖の経歴もともにはっきりしていない。

第二に、二人とも武功がなく、財政・民政など主君の領土経営に才腕を発揮している。

第三に、主君の大きな信任を得たが、反対者も多く、陰謀家の悪評を受けている。

豊臣政権における石田三成の役割は、有力大名を圧迫して、その所領支配や中央政局における主体的な行動を奪い、豊臣中央政権による専制政治を確立しようとするところにあった。三成の陰謀とか讒言とかいわれるものも、目的はそこにあった。

三成の場合は、「陰謀」というより「研ぎ澄まされた正義感の発露」とでも表現したほうが、その人柄になんとなく馴染む気がする。

石田三成はその名前からしてどこか知的かつ詩的な弱さが匂い、勇猛な武将の匂いは嗅げない。彼の秀吉に対する忠誠心は正真正銘の本物であり、これだけは万人の認めるところであるといえる。下剋上の世の中にあって、かかる例は珍しいのではないか。そこに三成の「美学」が存在する。

およそ社会的秩序や道徳さらには良心などもなかった動乱の戦国時代において、三成は泥沼に咲いた一輪の花のようである。三成の人気が衰えぬ理由もそこにあるのだろう。

だからこそ今も、

「もし関ヶ原の戦いで石田三成が勝っていたならば……？」

という、歴史にはないはずの〝if〟によって、さまざまな筋書きのドラマが三成を愛する人によって創作され続ける。

「もし三成が百万石の大名であったならば……？」という〝if〟に思わず心躍らせる自分がいたりもする。

本多正信は、天性の参謀型の人物といえよう。

正信はかつて一向一揆に加わり家康に刃《やいば》を向けたことがある。しかし、いったん帰参すると、主従の関係は理想的な主君と参謀の補完関係に転じた。正信は、その器量で家康を補佐し、しばしば奸謀を用いながら、家康の天下取りへの道筋を、自ら描いた筋書き通りに展開していったのである。

新井白石が著書『藩翰譜《はんかんふ》』で「朋友《ほうゆう》の如く」と評し、また「君臣水魚の交わり」と表現しているように、二人の関係は君臣を超えた特異な絆《きずな》で結ばれているかのようである。

正信は、三成が秀吉に対したのと同様、家康の「泥かぶり役」を厭《いと》わなかった。

東軍別働隊として徳川本隊を率いて中山道から〝関ヶ原〟を目指す途上での上田城包囲戦において、籠城軍（真田軍）の城外での食糧調達を機敏に防いだ軍功ともいえる自軍将兵の働きに対し、将軍秀忠の指示を仰がなくて勝手に動いた「統帥権を乱す行為」として家康から委ねられている総帥権を発動した。軍法違反として、多数の旗本を、自殺者さえ出るほどの厳罰に処した。

この事件も正信の悪評の一因となっている。

別の角度から見れば、正信は権力欲や物欲に極めて淡泊であり、領国ひとつにしても徳川家の重鎮でありながら相州甘縄《あまなわ》藩二万二千石で満足していた。

家康が正信を深く信頼したのは、そういう無私の精神があるいは大きかったのかもしれない。

慶長十六年（一六一一）、政敵大久保忠隣はその子忠常の死去に際して、その悲しみに耐えきれずに家に引き籠った。同じころ本多正信も娘を失ったが、常のとおり政務を執った。

「子が死んで悲しむのは私事だ。私事をもって官事を務めないのは忠臣ではない」という信念のもと正信は私情を殺して主君に尽くしたのである。

正信と三成、ともに余韻が多く残る。

筆を擱く際に、そう思った。

島添　芳実

年譜

年号	出来事	本多正信	石田三成
天文七年（一五三八）	国府台の戦い（北条×里見）	生誕	
永禄三年（一五六〇）	桶狭間の戦い		生誕
永禄五年（一五六二）	信長・家康盟約		
永禄六年（一五六三）	三河一向一揆		
元亀元年（一五七〇）	姉川の戦い		
元亀三年（一五七二）	三方ヶ原の戦い		
天正三年（一五七五）	長篠の戦い		秀吉に仕える
天正五年（一五七七）	秀吉中国攻めに出発		奏者（秘書）に抜擢
同	信長右大臣に		結婚（真田昌幸と合婿に）
天正十年（一五八二）	秀吉備中高松城水攻め	帰参	
同	本能寺の変、清洲会議	伊賀越え	
天正十一年（一五八三）	賤ヶ岳の戦い		

同	秀吉大坂城築城		
天正十二年（一五八四）	小牧長久手の戦い		
天正十三年（一五八五）	秀吉関白叙任（五十歳）		水口四万石城主
天正十四年（一五八六）	秀吉・家康和睦	従五位下佐渡守叙位	島左近を召し抱え
同	秀吉・家康大坂で会見		堺奉行
同	秀吉豊臣姓名乗る		
天正十五年（一五八七）	秀吉九州平定		博多奉行
天正十七年（一五八九）	秀吉に鶴松誕生		
天正十八年（一五九〇）	秀吉小田原征伐	相模国甘縄一万石	館林城・忍城攻め
天正十九年（一五九一）	鶴松死去		
文禄元年（一五九二）	朝鮮出兵（文禄の役）		朝鮮監督奉行
文禄二年（一五九三）	秀吉に秀頼誕生		利休切腹
文禄四年（一五九五）	関白秀次切腹		佐和山城主
慶長元年（一五九六）	家康内大臣叙任（五十五歳）		

年号	出来事	本多正信	石田三成
慶長二年（一五九七）	朝鮮出兵（慶長の役）		
慶長三年（一五九八）	上杉景勝会津転封		
同	秀吉没（六十二歳）	歴史の表舞台へ	在朝鮮軍撤収作業に従事
慶長四年（一五九九）	前田利家没（六十二歳）	前田利長謀反謀略	五奉行より失脚
慶長五年（一六〇〇）	関ヶ原の戦い	秀忠に従軍（中山道西上）	挙兵、斬首刑に
慶長八年（一六〇三）	家康征夷大将軍に		
慶長十年（一六〇五）	秀忠将軍継承（大御所政治）	秀忠付に（家康の代弁者）	
慶長十九年（一六一四）	大坂冬の陣	大久保忠隣を失脚さす	
元和元年（一六一五）	大坂夏の陣（豊臣滅亡）		
元和二年（一六一六）	家康没（七十五歳）	没（七十九歳）	

主要参考文献

「日本の歴史一二　天下一統」林屋辰三郎　中央公論新社　初版一九七四年三月一〇日
「日本の歴史一三　江戸開府」辻達也　中央公論新社　初版一九七四年四月一〇日
「日本仏教をゆく」梅原猛　朝日文庫　初版二〇〇九年二月二八日
「街道をゆく一六　叡山の諸道」司馬遼太郎　朝日文庫　初版一九八五年七月二〇日
「街道をゆく三三　白河・会津のみち、赤坂散歩」司馬遼太郎　朝日文庫　初版一九九四年三月一日
「街道をゆく三六　本所深川散歩、神田界隈」司馬遼太郎　朝日文庫　初版一九九五年九月一日
「街道をゆく三七　本郷界隈」司馬遼太郎　朝日文庫　初版一九九六年七月一日
「街道をゆく四三　濃尾参州記」司馬遼太郎　朝日文庫　初版一九九八年四月一日
「逆説の日本史　英雄の興亡と歴史の道」井沢元彦　小学館文庫　初版二〇一三年七月一五日
「逆説の日本史⑪　戦国乱世編」井沢元彦　小学館文庫　初版二〇〇七年六月一一日
「逆説の日本史⑫　近世暁光編」井沢元彦　小学館文庫　初版二〇〇八年六月一一日
「豊臣家の人々」司馬遼太郎　中央公論新社　初版一九七三年六月一〇日
「関ヶ原（上巻）」司馬遼太郎　新潮文庫　初版昭和四九年六月二〇日
「関ヶ原（中巻）」司馬遼太郎　新潮文庫　初版昭和四九年六月二五日
「関ヶ原（下巻）」司馬遼太郎　新潮文庫　初版昭和四九年六月三〇日

「石田三成」童門冬二　人物文庫　初版二〇〇七年一二月二〇日
「実伝　石田三成」火坂雅志編　角川文庫　初版平成二六年七月二五日
「家康と正信」童門冬二　PHP研究所　一九九九年一一月一八日
「徳川家康⑯」山岡荘八　講談社　初版一九八八年二月八日
「徳川家康⑱」山岡荘八　講談社　初版一九八八年二月八日
「本多正信」中村整史郎　PHP文庫　初版一九九五年一〇月一六日
「島左近」佐竹申伍　PHP文庫　初版一九九〇年一月一九日
「島左近×石田三成」武山憲明　ぶんか社文庫　初版二〇〇九年六月二十日
「のぼうの城（上）」和田竜　小学館文庫　初版二〇一〇年十月十一日
「のぼうの城（下）」和田竜　小学館文庫　初版二〇一〇年十月十一日
「黒田長政」徳永真一郎　人物文庫　初版二〇一二年八月二〇日
「信長と秀吉と家康」池波正太郎　PHP文芸文庫　初版一九九二年八月十七日
「清洲会議」三谷幸喜　幻冬舎文庫　初版平成二五年七月二五日
「日本の名僧　天海・崇伝」圭室文雄　吉川弘文館　初版二〇〇四年七月一日
「黒衣の宰相」火坂雅志　文春文庫　初版二〇〇四年八月十日
「天海」中村晃　PHP文庫　初版二〇〇〇年一月一九日
「世阿弥の言葉」土屋恵一郎　岩波書店　初版二〇一三年六月十四日

本書は『〝好敵手〟(Ⅱ)正信と三成　豊臣政権滅亡―「天下統一」の流れを巡る二人の確執』(二〇一五年文芸社刊)を修正・改題のうえ文庫化したものです。

この物語はフィクションであり、実在する事件・個人・組織等とは一切関係がありません。

文芸社文庫

石田三成（秀吉）vs本多正信（家康）

二〇一七年十月十五日　初版第一刷発行
二〇二〇年三月五日　初版第二刷発行

著　者　島添芳実
発行者　瓜谷綱延
発行所　株式会社　文芸社
〒一六〇-〇〇二二
東京都新宿区新宿一-一〇-一
電話　〇三-五三六九-三〇六〇（代表）
〇三-五三六九-二二九九（販売）

印刷所　図書印刷株式会社
装幀者　三村淳

ISBN978-4-286-19176-8